外国文学名著丛书

〔黎巴嫩〕纪伯伦／著

泪与笑　先知

冰　心　等／译

"外国文学名著丛书"编委会

人民文学出版社

图书在版编目(CIP)数据

泪与笑 先知/(黎巴嫩)纪伯伦著;冰心等译.— 北京:人民文学出版社,2022(2024.5重印)

(外国文学名著丛书)

ISBN 978-7-02-016980-1

Ⅰ.①泪… Ⅱ.①纪…②冰… Ⅲ.①散文诗—诗集—黎巴嫩—现代 Ⅳ.①I378.25

中国版本图书馆 CIP 数据核字(2021)第 024227 号

责任编辑　张欣宜
装帧设计　刘　静
责任印制　王重艺

出版发行　人民文学出版社
社　　址　北京市朝内大街 166 号
邮政编码　100705

印　　刷　北京盛通印刷股份有限公司
经　　销　全国新华书店等

字　　数　228 千字
开　　本　850 毫米×1168 毫米　1/32
印　　张　11.75　插页 3
印　　数　6001—9000
版　　次　2022 年 1 月北京第 1 版
印　　次　2024 年 5 月第 3 次印刷

书　　号　978-7-02-016980-1
定　　价　59.00 元

如有印装质量问题,请与本社图书销售中心调换。电话:010-65233595

纪伯伦

出版说明

　　人民文学出版社自一九五一年成立起,就承担起向中国读者介绍优秀外国文学作品的重任。一九五八年,中宣部指示中国科学院文学研究所筹组编委会,组织朱光潜、冯至、戈宝权、叶水夫等三十余位外国文学权威专家,编选三套丛书——"马克思主义文艺理论丛书""外国古典文艺理论丛书""外国古典文学名著丛书"。

　　人民文学出版社与中国科学院文学研究所,根据"一流的原著、一流的译本、一流的译者"的原则进行翻译和出版工作。一九六四年,中国社会科学院外国文学研究所成立,是中国外国文学的最高研究机构。一九七八年,"外国古典文学名著丛书"更名为"外国文学名著丛书",至二〇〇〇年完成。这是新中国第一套系统介绍外国文学作品的大型丛书,是外国文学名著翻译的奠基性工程,其作品之多、质量之精、跨度之大,至今仍是中国外国文学出版史上之最,体现了中国外国文学研究界、翻译界和出版界的最高水平。

　　历经半个多世纪,"外国文学名著丛书"在中国读者中依然以系统性、权威性与普及性著称,但由于时代久远,许多图书在市场上已难见踪影,甚至成为收藏对象,稀缺品种更是一书难求。在中国读者阅读力持续增强的二十一世纪,在世界文明交流互鉴空前频繁的新时代,为满足人民日益增长的美好生活的需要,人民文学出版社决定再度与中国社会科学院外国文学研究所合作,以"网罗经典,格高意远,本色传承"为出发点,优中选优,推陈出新,出版新版"外国文学名著丛书"。

值此新版"外国文学名著丛书"面世之际,人民文学出版社与中国社会科学院外国文学研究所谨向为本丛书做出卓越贡献的翻译家们和热爱外国文学名著的广大读者致以崇高敬意!

"外国文学名著丛书"编委会
二〇一九年三月

编委会名单
（以姓氏笔画为序）

1958—1966

卞之琳　戈宝权　叶水夫　包文棣　冯　至　田德望
朱光潜　孙家晋　孙绳武　陈占元　杨季康　杨周翰
杨宪益　李健吾　罗大冈　金克木　郑效洵　季羡林
闻家驷　钱学熙　钱锺书　楼适夷　蒯斯曛　蔡　仪

1978—2001

卞之琳　巴　金　戈宝权　叶水夫　包文棣　卢永福
冯　至　田德望　叶麟鎏　朱光潜　朱　虹　孙家晋
孙绳武　陈占元　张　羽　陈冰夷　杨季康　杨周翰
杨宪益　李健吾　陈　燊　罗大冈　金克木　郑效洵
季羡林　姚　见　骆兆添　闻家驷　赵家璧　秦顺新
钱锺书　绿　原　蒋　路　董衡巽　楼适夷　蒯斯曛
蔡　仪

2019—

王焕生　刘文飞　任吉生　刘　建　许金龙　李永平
陈众议　肖丽媛　吴岳添　陆建德　赵白生　高　兴
秦顺新　聂震宁　臧永清

目 次

译本序 …………………………………………… 1

泪与笑 ……………………………… 仲跻昆 译 1
 引子 ………………………………………… 3
 灵魂 ………………………………………… 5
 笑与泪 ……………………………………… 7
 梦 …………………………………………… 10
 火写的字 …………………………………… 12
 废墟间 ……………………………………… 14
 情侣 ………………………………………… 16
 往昔之城 …………………………………… 18
 旅美派诗人 ………………………………… 20
 诗人 ………………………………………… 23
 我的生日 …………………………………… 25
 组歌 ………………………………………… 31
 花之歌 ……………………………………… 37
 人之歌 ……………………………………… 38
 诗人的声音 ………………………………… 40
暴风集 ……………… 李唯中 仲跻昆 伊宏 译 47

掘墓人	49
十字架上的耶稣	56
奴隶主义	60
致同胞	63
我们与你们	67
麻醉剂和解剖刀	71
雄心勃勃的紫罗兰	78
诗人	82

珍趣篇 ……………………… 伊宏 译 85

皮壳与内核	87
我的心灵告诫我	91
你们有你们的黎巴嫩,我有我的黎巴嫩	95
完美	100
独立与红毡帽	102
大地啊!	104
阿拉伯语的前途	108
新时代	112
我的沉默是歌唱	117
朦胧中的祖国	119
大海	121
小溪说什么	123

狂人 ……………………… 薛庆国 译 125

题记	127
上帝	128
梦游者	129
聪明的狗	130

狐狸	*131*
贤明的国王	*132*
另一种语言	*133*
两个笼子	*135*
三只蚂蚁	*136*
福佑城	*137*
善神与恶神	*139*
狂人与夜的对白	*140*
星相学家	*142*
小草的抱怨	*143*
眼睛	*144*
两夫子	*145*
当我的忧愁降生时	*146*
当我的欢乐降生时	*148*
"完美的世界"	*149*

先驱 ……………………… 薛庆国 译 *151*

题记	*153*
上帝的小丑	*155*
圣徒	*158*
战争与弱小民族	*160*
诗人	*161*
风向标	*162*
阿拉杜斯之王	*163*
真知与半知	*164*
"白纸如是说……"	*165*
学者与诗人	*166*

价值 …………………………………… *168*
　　另外的海洋 ……………………………… *169*
　　忏悔 …………………………………… *170*
　　在我的孤独之外 ………………………… *171*
　　最后的守望 ……………………………… *172*

先知 …………………………… 冰心 译 *177*
　　船的来临 ………………………………… *179*
　　论爱 …………………………………… *184*
　　论婚姻 …………………………………… *186*
　　论孩子 …………………………………… *187*
　　论施与 …………………………………… *188*
　　论饮食 …………………………………… *191*
　　论工作 …………………………………… *193*
　　论哀乐 …………………………………… *196*
　　论居室 …………………………………… *198*
　　论衣服 …………………………………… *201*
　　论买卖 …………………………………… *202*
　　论罪与罚 ………………………………… *204*
　　论法律 …………………………………… *208*
　　论自由 …………………………………… *210*
　　论理性与热情 …………………………… *212*
　　论苦痛 …………………………………… *214*
　　论自知 …………………………………… *215*
　　论教授 …………………………………… *216*
　　论友谊 …………………………………… *217*
　　论谈话 …………………………………… *219*

论时光	221
论善恶	222
论祈祷	224
论逸乐	226
论美	229
论宗教	231
论死	233
言别	235

沙与沫 ………… 冰心 译 245

游子 ………… 薛庆国 译 287

游子	289
衣裳	290
兀鹰与云雀	291
情诗	293
闪电	294
珍珠	295
灵与肉	296
国王	297
和平与战争	300
雕像	301
交换	302
疯人	303
青蛙	304
法律与立法	306
昨天、今天和明天	307
隐居的先知	308

两首诗 …………………………………… 309

一神与多神 …………………………… 311

权杖 ……………………………………… 312

道路 ……………………………………… 313

树影 ……………………………………… 315

发现上帝 ………………………………… 316

两位猎人 ………………………………… 317

另一个游子 ……………………………… 318

大地神 ……………………………… 薛庆国 译 319

译 本 序

在黎巴嫩北部山区著名的"圣谷"附近,有一个叫作布舍里的山乡。这里崇山绵延,松林茂密,随处可见果园、岩石、泉眼、溪流、教堂、牧牛这些田园诗一般的风景,与一般人想象中以沙漠、戈壁为主的阿拉伯世界大相径庭。钟灵毓秀,在这样美丽的自然环境里,阿拉伯文坛的一代天骄——纪伯伦,于一八八三年一月六日来到人世。

纪伯伦出生在一个基督教(马龙派)家庭,童年曾在当地学校读书。十二岁时,他随母亲、哥哥和两个妹妹离乡,前往美国波士顿谋生。十五岁,他只身返回黎巴嫩,在贝鲁特希克玛学堂学习阿拉伯语文。其间,他苦读阿拉伯古典文学作品,打下了扎实的阿拉伯文学基础。四年后他重返波士顿。在此前后,他的哥哥和小妹相继在美国病逝,在哥哥去世的同一年,纪伯伦在这世界上最心爱的亲人,他的母亲卡米拉,也去了"蓝色天际以外的世界"。

接连失去亲人的纪伯伦,在异国他乡与长妹相依为命。他有幸结识了一位长他十岁的女校校长玛丽·哈斯凯尔,在她的鼓励和资助下,纪伯伦的艺术天赋得以发挥,并于一九〇八年远赴巴黎学习绘画。在巴黎,他流连忘返于艺术的海洋之中,开阔了艺术视野,他的画作据说曾得到雕塑大师罗丹的好评。一九一〇年,纪伯伦返回波士顿,随后定居纽约,潜心创作文学与艺术作品。一九二〇年,他被旅美的阿拉伯作家推选为"笔会"会长,成为阿拉伯旅美派文学的领袖。

在纪伯伦的一生中,除母亲以外,还有两位女性在他心灵中长期占有重要位置:玛丽·哈斯凯尔和梅伊·齐雅黛。纪伯伦与两人感人至深的爱情故事,是阿拉伯文学史上一段最为动人的插曲。

一九〇四年,三十一岁的玛丽在朋友家中结识了正在美国艺坛闯荡的纪伯伦,两人从此结下友谊。玛丽对纪伯伦的艺术才华大为赏识,主动提出资助他赴巴黎学艺。从此,两人开始通信。纪伯伦返美定居纽约后,继续和住在波士顿的玛丽鸿雁来往,两人还不断互访、面晤。从玛丽的日记可知,纪伯伦返美后不久曾向她求婚,但她既不想让婚姻生活束缚他的艺术天赋,更担心可能的婚姻失败会影响两人的纯洁友谊,便以自己年长十岁为由而予婉拒。此后两人的友谊反而得到升华,而成为终生的挚友。

如果说纪伯伦与玛丽的恋情更近乎友情,两人的关系虽然密切却也不免平淡,那么他与黎巴嫩女作家梅伊·齐雅黛的爱情故事,则更为奇特凄婉。这段生死之恋的主人公一位终身未娶,一位毕生未嫁,甚至始终缘悭一面!通信,便成了他们表达情感的唯一方式。纪伯伦致梅伊的书信均以阿拉伯文写成,得以保留的虽然只有三十多封,却具有极高的文学价值,不但在纪伯伦文学遗产中占有重要地位,而且堪称世界书简文学的瑰宝。

纪伯伦正式出版的第一部文学作品,是一九〇五年问世的长篇艺术抒情散文《音乐短章》。这篇作品文采璀璨,以诗一般的语言表达了二十二岁的青年纪伯伦对于音乐的热爱和对于音乐本质的理解。随后,纪伯伦开始小说创作,一九〇六至一九一一年,他先后发表了《草原新娘》《叛逆的灵魂》两部短篇小说集及中篇小说《被折断的翅膀》。这些小说,是阿拉伯现代小说的早期成果,具有强烈的叛逆性与揭露性。其中,发表于一九一一年的《被折断的翅膀》是纪伯伦小说的代表作。作品通过描写女主人公萨勒玛的爱情悲剧,发掘了造成悲剧的时代和社会原因,并把主人公的悲剧同祖国、民族、东方的命运联系起来。小说批判东方传统和现实的勇气、胆识和卓见,在同时代阿拉伯作家中均是罕见的。小说中多处出现主人公的大段倾诉,其见解深刻,语言优美,极富感染力。小说出版后,立即在阿拉伯世界引起轰动。这部作品也标志着纪伯伦的文学创作完成了最初的积淀和历练,开始逐渐走向成熟。

从二十年代开始,纪伯伦逐渐由小说创作转向散文诗创作。纪伯伦文学创作的最高成就,他对阿拉伯文学乃至世界文学的最大贡献,也体现在散文诗上。

《泪与笑》(1913)是纪伯伦早年写就的散文诗合集,由于这些诗充满了"哀叹、倾诉、哭泣",当朋友鼓励他发表时,纪伯伦感到"愧怍不安",认为作品是他"葡萄园中的未熟之果"。其实,这些作品虽然缺乏一些"力度",但其中洋溢着诗情画意,也不乏智慧与哲理,许多篇什令人爱不释手,充分体现了纪伯伦早期文学创作的理念:爱与美。

散文诗集《暴风集》(1920)和《珍趣篇》(1923)在风格上与《泪与笑》迥异。这是两部极富社会批判性和民族自省意识的作品。作者大声疾呼,想让酣睡的同胞觉醒,打碎那做了千年的空梦。他要人们打碎一切偶像,做自己的"主",做时代的"巨人",而不要做"坟墓中的居民"。他讴歌革命,呼唤暴风雨,预言"谁不用自己的风暴吹折自己的枯枝,谁就会厌倦萎靡而死;谁不用自己的革命撕碎自己的败叶,谁就会默默而亡"。纪伯伦愤世嫉俗的宣泄,让我们联想起鲁迅对同处东方的华夏民族"哀其不幸,怒其不争"的复杂情感。

一九一八年,纪伯伦还发表了一首长诗《行列歌》。全诗好似两个人的对唱:一个是来自城市、饱经沧桑、深谙世态炎凉的老者,他用低沉、哀伤的声音唱出了人类社会的种种忧患痛苦、邪恶和弊端;另一个则是来自森林与大自然的青年,他纯真、质朴、活泼、乐观,用欢快的声音召唤人们到森林中去返璞归真,寻求一个真善美的理想境界。诗歌体现了纪伯伦对自由、自然和理想境界的向往。

在用阿拉伯文发表上述作品的同时,身处美国的纪伯伦,又用英语发表了一系列作品。如《狂人》(1918)、《先驱》(1920)、《先知》(1923)、《沙与沫》(1926)、《人子耶稣》(1928)、《大地神》(1931)、《游子》(1932)和《先知园》(1933)。这些作品与前期阿拉伯语作品的主题、风格有了很大不同。如果说前期作品突出的是东方性、民族性,那么后期的英文作品更多地着眼于普遍的人性及人性的升华,其立足点是全人类、全世界。现实的批判锋芒依旧,但针对的是人类的荒诞与卑琐;同时,更有嘹亮的新声在这些作品中回荡,那便是深邃的哲思、形而上的求索、对爱与美的呼唤。这一变化,不仅缘于读者对象的改变,更缘于纪伯伦思想与心智的成熟与转变。

《狂人》《先驱》《游子》主要由一些短小的寓言故事构

成,多富有讽刺意味,针对人的虚伪、无知、狂妄和卑微。这些故事娓娓道来,风格简约而朴素,同时又含蓄、隽永,令人回味无穷。此外,这些集子中还收入一些意境深远的抒情短章,体现了作者这一阶段的哲学思想。

《沙与沫》荟萃了纪伯伦道出的隽语、佳句,它是"纪伯伦思想的珍珠串成的一条闪光的珠链"。其中许多论及人生、爱情、友谊、文艺、世界的段落,其立意高远,境界超逸,读者在含英咀华之际,每每有醍醐灌顶之感。

《人子耶稣》被人称为"纪伯伦福音"。作者通过七十七个耶稣同时代人物之口,把一个被神化的耶稣,还原为一个富有人道精神的使命传达者。在纪伯伦眼里,耶稣是人子、人之兄弟,但是,"遗憾的是,他的信徒们却极力要把他尊为一位圣人,尊为神"。

《大地神》是纪伯伦生前发表的最后一部作品,其形式类似一部诗剧,由三位神祇富有思辨意味的叹喟与对话构成。在长诗的前半部分,甲、乙两位神灵的对话,对生命的意义做了质疑和探寻;随后第三位神灵出场,他对生命存在的神圣性和意义做了层层深入的揭示,最终,他把生命神圣性的最终依托归结为"爱",这也是贯穿纪伯伦全部作品的核心思想之一。在长诗的尾声,诸神隐退,代表爱的"丙神"为人类的爱情唱起了赞歌:"我们最好明智地寻一块阴凉的所在,/让我们这些大地神入睡,/而让爱情,这人类的柔情,去做来日的主宰……"

在纪伯伦的所有文学作品中,代表其最高成就、堪称其"文学金字塔"的作品,乃是长篇哲理散文诗《先知》。这是一部让纪伯伦呕心沥血的作品,他曾在致梅伊的信中写道:"至于《先知》，那是我已思考了一千年的书……这位先知，在我试图塑造他之前已把我塑造了，在我考虑构写他之前已把我构写了。"正如许多评论家所言，《先知》中的"先知"穆斯塔法（亚墨斯达法），可以理解为素有先知情结的纪伯伦本人。《先知》荟萃了作者借穆斯塔法之口向世人传达的大慧之言。

纪伯伦为《先知》安排了一个小说式的故事框架。穆斯塔法这位"被选和被爱的"东方智者，滞留奥法利斯城十二载，一直期盼回到自己出生的岛屿。一日，他登高远眺，看见故乡的船正穿破海雾徐徐驶来。离别的时刻来临，城中的男女都来送行。人们请求他作临别赠言，并告诉他们"关于生和死中间的一切"。他怀着深情，回答了人们一个又一个提问，问题涉及爱情、婚姻、孩子、施与、工作、欢乐与悲哀、理性与热情等众多话题，当他回答完所有的二十六个问题后，又发表了充满祝福和希望的告别词。然后，他登上来船，航船向东方驶去。"溪流汇入大海，伟大的母亲再次将儿子揽入怀中。"

《先知》清新隽永的诗句中，凝结着纪伯伦对人生、社会深刻而睿智的思考，这些思考，是他站在历史的、可以俯瞰世界的高度进行的。他又通过"《圣经》式的"既庄重又温馨、既有启示性又有感染力的语言，加以诗人的奇妙想象和新奇比喻，将这思考的结晶晓谕世人。

《先知》出版后立即在美国引起轰动，并在短短数年内风靡世界，至今发行总量已逾七百万册，被誉为"东方赠送给西方的最好礼物"。黎巴嫩评论家努埃曼把它比作常青树，说它"深深扎根于人类生活的土壤里，只要人类存在，这棵大树就活着"。《先知》之后，纪伯伦又写了《先知园》，这是一部与

《先知》风格近似的作品。在书中,穆斯塔法已回到了他诞生的岛屿,他在旧居花园中安静地思考人生,回答人们的问题。《先知园》还比《先知》多了一些抨击政治的内容。

纪伯伦曾有愿望,在《先知园》之后再写一部《先知之死》,作为完整的《先知》三部曲。然而,他的心愿终未能实现,因为他先于笔下的"先知",去往了她母亲所在的"蓝色天际以外的世界"。一九三一年四月十日,纪伯伦因积劳成疾病故,年仅四十八岁。

背井离乡二十余载的游子,一直盼望重返祖国。现在,他回来了。一九三一年八月二十一日,纪伯伦的灵柩覆盖着黎巴嫩和美国国旗,乘船回到贝鲁特,又在各界人士的护送下,缓缓向家乡布舍里进发。最终,他安眠在可以俯瞰家乡的玛尔·谢尔基斯修道院的岩室里。在他棺椁的上方,悬垂着一块纪念碑,上面用阿拉伯文书写着:"这里长眠着我们的先知纪伯伦。"或许,"我们的先知"一词在这个宗教气息浓厚的国度里过于敏感,人们后来将"先知"这一单词的上下小点稍做改动,碑文就变成:"这里,纪伯伦长眠在我们中间。"

负有先知使命的纪伯伦,已经走向了永恒的世界。但他留下的那些诗文,还在被一代又一代的世人传诵着。自二十世纪二十年代起,经由茅盾、冰心等文学大师的译介,纪伯伦的作品也开始走进了中文世界,并征服了无数的中国读者。经过几代阿拉伯文学翻译者、研究者的努力,纪伯伦在当今中国知识界已成为尽人皆知的人物,无可置疑地成为最受中国读者欢迎的阿拉伯作家,并跻身最受他们欢迎的外国文豪之列。可以预料的是,具有独特魅力的纪伯伦文学,必将在中国一代代读者中赢得更多的知音。

纪伯伦在《先知园》中描绘的先知穆斯塔法曾经感慨："我的心灵重荷着成熟的果实,谁来采撷,饱尝这硕果?"那么,就让我们伸出准备领受的双手,去承接这位文学大师慷慨施与的硕果吧!

薛庆国

二〇一一年七月于北京

泪与笑

仲跻昆 译

引　子

　　我不想用人们的欢乐将我心中的忧伤换掉,也不愿让我那发自肺腑怆然而下的泪水变成欢笑。我希望我的生活永远是泪与笑:泪会净化我的心灵,让我明白人生的秘密和它的深奥;笑使我接近我的人类同胞,它是我赞美主的标志、符号。泪使我借以表达我的痛心与悔恨;笑则流露出我对自己的存在感到幸福和欢欣。

　　我愿为追求理想而死,不愿百无聊赖而生。我希望在自己内心深处,有一种对爱与美如饥似渴的追求。因为在我看来,那些饱食终日、无所事事者是最不幸的人,不啻行尸走肉;在我听来,那些胸怀大志、有理想、有抱负者的仰天长叹是那样悦耳,胜过管弦演奏。

　　夜晚来临,花朵将瓣儿拢起,拥抱着她的渴慕睡去;清晨到来,她张开芳唇,接受太阳的亲吻。花的一生就是渴慕与结交,就是泪与笑。

　　海水挥发,蒸腾,聚积成云,飘在天空。那云朵在山山水水之上飘摇,遇到清风,则哭泣着向田野纷纷而落,它汇进江河之中,又回到大海——它故乡的怀抱。云的一生就是分别与重逢,就是泪与笑。人也是如此:他脱离了那崇高的精神境界,而在物质的世界中蹒跚;他像云朵一样,经过了悲愁的高山,走过了欢乐的平原,遇到死亡的寒风,于是回到他的出发点,回到爱与美的大海中,回到主的身边。

灵　魂

造物主从自身中将一个灵魂分离，并在这灵魂中创造了美。

主给了这灵魂晨风般的温存，野花样的芳香，月光似的柔顺。

主给了她一杯欢乐，并对她说："这杯酒你不能喝，除非你将过去忘记，对未来也毫不在意。"又给了她一杯悲郁，说："你把这杯酒喝下去，就会理解生活欢乐的真谛。"

主给她灌输了爱，只要她发出一声求全责备的叹息，那爱就会同她分开；主给了她以甜蜜，只要她说出孤芳自赏的话语，那甜蜜就会离她而去。

主从天上赐予她学问，以便把她往真理的道路上指引。

主将睿智放进她的心中，使她把一切都能看清。

主在她身上创造了感情，那感情与想象一起走；同幻影一道行。

主给她穿上了思慕的衣裳，那是天使用条条彩虹精心织成。

随后，主又将困惑的黑暗放在她心中，那黑暗正是光明的幻影。

主从愤怒的炉中取出了火，从愚蠢的沙漠上摄来了风，从自私的海滩上掘出沙,从岁月的脚下挖出土,用它们塑造成了人形。

他给人以盲目的力量:疯狂时这力量冲天而起;在情欲面前,它又软弱无力。

然后,主又给人注入了生命:这生命正是死亡的幻影。

造物主先是微笑,而后又哭泣,他感到有一种无限的爱,把人和他的灵魂结合在一起。

笑 与 泪

太阳从那些草木葳蕤的花园里收敛起它金色的余晖。月亮从地平线上升起来，洒下清辉静柔如水。我坐在树丛下，注视着这瞬息万变的天空。从袅娜多姿的枝叶间，我仰望着满天繁星，好似无数的银币撒落在广阔无边的蔚蓝色的地毯；我侧耳细听，远处传来山涧小溪淙淙的流水声。

夜鸟投林，花儿也闭上了眼睛，四周是一片寂静。这时，我听到草地上传来一阵轻轻的脚步声。我回眸望去，只见走过来一对青年男女。他们坐在一棵枝繁叶密的树下，他们看不见我，我却能看清他俩。

小伙子先朝四周望了望，然后才听见他开了腔："坐下吧，亲爱的，请你坐在我身边。你笑吧！因为你的微笑象征着我们的未来无限美好。你高兴吧！因为岁月都为我们感到快乐。我仿佛觉得你心中还有怀疑，而对于爱情的怀疑就是一种罪过呀，亲爱的！不久，月光照耀下的这片广阔的土地都将属于你，这座公馆并不亚于国王的宫殿，也将归你掌管。我的骏马良驹将驮着你到处旅行游逛；我的华丽的车子会载着你出入剧院、舞场。亲爱的！微笑吧，就像我宝库中的黄金那样微笑吧！请你对我瞧一瞧，要像我父亲的珠宝那样瞧着我。听我说，亲爱的！我的心执意要在你面前倾吐它的衷情。我们将欢度蜜年,我们可以带上大量的金钱,到瑞士的湖边,到意大利的公园,在尼罗河畔法老的宫殿,在黎巴嫩翠绿的杉树下、丛林间度过我们的蜜年。你将会见公主和贵妇。你的一身珠光宝气,连她们都会对你妒忌。这一切都是我要献给你的,你可满意?啊!你笑得多么甜!你的微笑就仿佛是我的命运在微笑一般。"

过了一会儿,我看到他俩慢慢地走着,他们脚踩着鲜花,就好似富人的脚把穷人的心践踏。

他俩消失在黑暗里,我却还在思考金钱在爱情中所占的地位。我想到,金钱是人类万恶之源,而爱情则是幸福与光明的源泉。

浮想联翩,使我感到茫然。正在这时,有两个人影经过我的面前,然后坐在不远的草地上面。又是一对男女青年,他们来自农舍、田间。先是一阵寂静,此时无声胜有声。接着我听到话语伴随着长长的叹息,说话的是那位害肺病的青年:"揩干你的眼泪,我亲爱的!爱情使我们眼亮心明,让我们成了它的仆从,它赋予我们坚忍顽强的品性。擦干你的眼泪!要感到欣慰,因为我们为崇拜爱情,结成了神圣同盟。为了甜蜜、纯洁的爱情,我们可以忍受一切痛苦和不幸,经受得住离别和贫困。我一定要同岁月较量一番,直到获得一笔像样的财产,奉献在你面前,帮助我们度过生命的各个阶段。亲爱的!主就是美好爱情的体现,它会接受我们的泪水和悲叹,就像接受香火一般。它也会为此奖赏我们应得的命运。亲爱的,再见吧!月亮落去之前我该走啦!"

随之我听到一阵柔声细语,间杂着炽热如火的喘息。那声音出自一位温柔的少女,她把内心的一切都糅进了那话音——爱情的炽热、离别的痛苦和永久的甜蜜,她说:"再见吧,我亲爱的!"

随后,他俩分了手。我坐在那棵树下,怜悯好像无数只手在揪扯我的心绪。这奇妙世间的许多奥秘,实在让我感到茫无头绪。

这时,我注视着沉睡的大自然,细细地察看,于是我发现其中有一样无边无际的东西,一种用金钱也无法买到的东西,一种用秋天的凄凉的泪水所不能冲掉的东西,一种不能为严冬的悲愁所扼杀的东西,一种在瑞士的湖畔、意大利的游览胜地所找不到的东西:它是那样坚忍顽强!能挺过严冬,在春天开花生长,在夏天结果繁荣。我发现那东西就是爱情。

梦

在田野中,在一条清澈的溪流岸边,我见到一只鸟笼,那笼子是能工巧匠精心编织而成。笼子的一角躺着一只死去的小鸟,另一角有一只小罐,里面的水早已喝干,还有一只小罐,里面的米也早已吃完。

我站在那里,默无一言。我侧耳谛听,仿佛那死去的小鸟与汩汩的溪水声中有金玉良言,启迪我的良知,探询我的心灵。我细细察看,于是知道,那小鸟虽在溪水旁,却曾因为干渴做过垂死挣扎;那小鸟虽在生命的摇篮——田野中,却曾由于饥饿而同死亡做过斗争。这就犹如一个富翁,被锁在金库里,饿死在钱堆中。

过了一会儿,我看见那笼子忽然变成了一具透明的人形,那只死鸟变成了一颗人心,那心上有一处深深的伤口,从中流出滴滴殷红的鲜血,伤口的四周宛如一个悲伤的女人的嘴唇。

随之,我听到伴随滴滴鲜血,从那伤口中传出这样的话音:"我就是人的心,是物质的俘虏,是尘世人间法规的牺牲品。在美的田野中,在生活源泉的旁边,我被关进了人们为诗人制定的法规的樊笼;在美德的摇篮里,在爱情的手中,我默默无闻地死去。因为美德和爱情的果实都不许我享用。我向往的一切,根据世俗之见,都是可耻的;我追求的一切,拿人们的成见去判断,都是可鄙的。

"我是人的心,我被囚禁在世俗陈规的黑暗中,从而变得衰弱;我被幻想的锁链羁绊,奄奄一息;我被遗弃在文明迷宫的角落里,缄默地死去。而人们则缄默不言,视而不见,只是微笑着站在一边。"

我听到了这些话语,看见它们是出自那颗受了伤的心,连同鲜血滴滴。在那之后,我没再见到什么东西,也没再听见什么声音。

火写的字

刻下下列字,作我墓志铭:
此地长眠者,声名水写成。

——济慈①

　　难道漫漫的黑夜就这样带着我们消逝?难道我们就这样在岁月的脚下销声匿迹?难道世世代代就这样将我们席卷而去,只在它的册页上为我们留下一个姓名,然而却又不是用墨而是用水写成?

　　难道这光明会熄灭,这爱情会消失,这些理想与愿望会变成一片空寂?难道死会把我们建起的一切夷为平地,风会把我们说过的一切吹散得毫无痕迹,阴影会把我们做过的一切全都掩盖、遮蔽?

　　难道这就是人生?难道人生就是过去——它已消逝得不留痕迹,现在——它正紧紧地追随着过去和未来——除非它变成现在和过去,否则就毫无意义?难道我们心中的欢乐和我们心灵的悲郁,未等我们知道它们的结局就全都悄然离去?

---

① 约翰·济慈(1795—1821),英国著名浪漫主义诗人。作品有《睡与诗》《伊莎贝拉》《恩底弥翁》等。其诗对后世影响很大。遵照他的遗言,其墓碑上写道:"此地长眠者,声名水写成。"

难道人就这样像大海的泡沫,只能在水面上浮现瞬间,随之海风掠过,就使它破灭了,变得好似从未存在过?

不!我敢说,人生的真谛就是生命,这生命的起始不在子宫,它的终止也不在墓中。这些岁月在无穷无尽的生命中,不过只是一瞬间。这尘世一生只是一场梦,而我们称之为可怕的死才是苏醒。那是梦,然而梦中我们的所见所为,将同主永世长存。

因为以太会容纳每一抹微笑、每一声叹息——这一切都发自我们心中;它会保存起每次的亲吻声——那亲吻出自爱情。天使会记下我们流的每一滴泪水——由于悲痛;还会把出自我们真情唱出的每一首欢乐的歌,传送给那些在漫无边际的太空中遨游的魂灵。

在那里,在未来的世界,我们将会看到我们种种情感的翻腾和心灵的激动;在那里,我们将会认识我们信奉的神的真谛——我们现在由于绝望而对它蔑视。

我们今天称之为迷误,称之为弱点,明天会发现,那原是人生链条中必不可少的一环。

我们的辛劳现在虽未得到报偿,但却将同我们永存,传颂我们的荣光。

我们今日承受的灾难,明日将会成为我们荣誉的桂冠。

此外,济慈——那只善鸣的夜莺——如果知道他的诗歌至今一直向人们心中灌输着爱美的精神,他就一定会说:

"请给我刻下这样的墓志铭:此地长眠者,他的声名是用火写在天空。"

废 墟 间

　　溶溶月色给太阳城①遗迹四周的丛林披上了一层轻纱；万籁俱寂，那大片的废墟俨如巨人，饱经沧桑，却还是玩世不恭。

　　这时，空中现出两个幻影，像是从蔚蓝色的湖中升起的两团雾气。他们坐在一根大理石柱上，那是岁月从那奇异的建筑物中连根拔起来的。他俩注视着那好似魔术舞台的周围。过了一会儿，其中一人抬起头，用一种好像在幽谷中回荡的声音说道：

　　"亲爱的！这些是我为你建造的庙宇的遗迹，那些是我为你筑起的宫殿的废墟。如今，它们早已夷为平地，只留下些残垣颓壁，在向世人述说我毕生役使黎民百姓所创建的丰功伟绩。亲爱的！你瞧瞧！我修筑的城市，被大自然摧毁了；我主张的哲理，受到后世的鄙视；我建立起的王国，早已被人忘记。剩下来的唯有由于你的美而产生出来的微妙的爱情和被你的爱情复活了的美的产物。我在耶路撒冷建起了一座礼拜的寺院。祭司们奉它为圣地，然而岁月却让它荡然无存；我在胸中建起了一座爱情的神殿，上帝使它成为圣地，任何力量都

---

① 太阳城，现属黎巴嫩的巴勒贝克城，是著名的古迹。

无法将它摧毁。我毕生殚精竭虑,对各种现象都追根究底,对每件事物都穷原竟委,于是人们说:'他是一位多么英明的君主!'天使们却说:'他可真是爱耍小聪明!'随后,我看到了你,亲爱的!向你唱起了爱慕之曲,于是,天使们为之欢欣,人们却未注意……当年,我做君主时,就好像有一道道障碍,把我那颗干渴的心与那体现在人间万物中的美好的灵魂隔离开来;而当我看到了你,爱情醒了过来,摧毁了那一道道障碍,于是我为自己耗费掉的年华而惋惜,在那些年代里,我曾自暴自弃,认为人世间的一切都是假的。我曾制造了铠甲,锻造了盾牌,因而各个部落对我胆战心惊,而当爱情使我心明眼亮时,我却受到了蔑视,甚至我的臣民都对我瞧不起。但是,死神来临时,他把那些铠甲和盾牌埋在土中,而把我的爱情带到了上帝那儿。"

沉寂了片刻,第二个幻影说:"如同花儿从泥土中获得了芬芳和生命一样,灵魂是从物质的弱点和错误中吸取智慧和力量。"

两个幻影融合在一起,走了。过了一会儿,空中回荡着这样一句话:

"永存不灭的世界里只保留着爱情,因为它同样是不朽的。"

情 侣

第 一 眼

那虽只是一瞬,却将人生的醉与醒截然划分;那是第一道光芒,将心的各个角落都照亮;那是在第一根心弦上发出的第一声神奇的音响。这一刹那,使心灵又听到了往日的传呼:让它看到了失眠之夜的作品。那一瞬间向心灵阐明了人世间感情的业绩;也对它泄露了来世永生的秘密。那是爱神阿什塔露特从苍天抛下的一粒种子,落入眼睛种进心窝,感情使它发芽,心灵使它结果。情侣的第一眼好似圣灵飘荡在烟波浩渺的海面,由此产生了地与天。人生伴侣的第一眼仿佛是上帝在说:"如此这般……"

第 一 吻

上帝在杯中斟满了爱的美酒,它是从那杯中啜饮的第一口;往日还让人半信半疑,时时担忧,它却一下子令人确信无疑,喜上心头;它是美好人生的序幕,是精神生活诗篇的开头;它是一根纽带,连接着不同寻常的过去和光辉灿烂的未来;它把诗人的宁静和他们的千歌万曲紧密相连在一起；它是四片嘴唇共同说出的语言，宣布心是宝座，爱情是女王，忠诚是王冠。它是温柔的一触，好似微风轻抚玫瑰花蕊一般，带来的是轻轻的甜蜜的呻吟和一声幸福的长叹；它是神奇的抖颤的开端，这种抖颤使得情人脱离开道学世界，进入梦幻的乐园；它是把两朵花儿合在一起，使它们的气息相混，而产生第三种香气……如果说第一眼是爱情女神在心田上撒下的种子，那么第一次亲吻就像一朵鲜花，开放在人生树上的第一枝。

婚 配

　　从此，爱情把生活的散文写成诗篇，把生命的内容写成经卷，昼夜吟咏、诵念。从此，思慕揭开了蒙在往年那些不解之谜上面的种种神秘的幕布，而由诸般乐趣构成了只有灵魂拥抱其主的快乐才能与之相比的幸福。婚配就是两种神性结合在一起，而使第三种神性降生在地；婚配是两个相爱的强者同舟共济，以便一道战胜岁月征途上的风风雨雨；婚配就是把黄色的美酒与红色的佳酿混合在一起，而产生一种好似朝霞一样橘红色的液体；婚配就是两个灵魂和谐一致，是两颗心合二为一；婚配是一条金链上的一环，这金链的开头是目光一闪，它的末尾是无穷无限；婚配是纯净的雨水从贞洁的天空向神圣的自然倾盆而下，把幸福的田地中的力量开发……如果说情人的第一眼好似爱情播在心田中的一粒种子，出自她双唇的第一次亲吻好像第一朵鲜花开放在人生的树枝，那么，与她结婚就如同那粒种子开出的第一朵鲜花结出的第一颗果实。

往昔之城

人生携我伫立在青春的山坡上,并示意我向后张望。于是我见到一座城市,奇形怪状,坐落在一片原野上。那原野香雾空蒙,紫霭升腾,天光云影,一片奇景。

我问:"那是什么地方呀,人生?"

她说:"你仔细瞧瞧吧!那就是往昔之城。"

我仔细地观看,于是我看见:

行动学院坐落在那里毫无动静,好像一些巨人沉睡不醒;言语寺院的周围游荡着一群魂灵,他们时而绝望地呼喊,时而又像希望在歌咏;宗教的庙宇,是信仰把它们建起,怀疑又把它们夷为平地;思想的尖塔高耸天宇,好像一群乞丐的手向天上伸去;兴趣的街道伸向四方,犹如河水在山谷中流淌;机密的仓库由隐匿看守,然而却遭到探寻的盗贼窃取;进取的城堡,由勇敢建成,却毁在畏惧手中;梦想的大厦,夜晚把它修饰得壮丽无比,清醒却使它变为一片废墟;渺小的茅屋,是软弱在里面居住;孤独的大礼拜寺中,伫立的是自我牺牲;知识的俱乐部里,智慧让灯烛辉煌,愚昧却使它暗淡无光;爱情的酒馆中,情人喝得大醉,空下来时却又让他们不禁惭愧;人生的舞台上,生活在演出一幕幕的戏,然后死神来临,结束了这些悲剧。

这就是往昔之城,时现时隐,既远又近。

人生在我的面前,说道:"随我走吧!我们已经站了好长时间。"我问:"到哪儿去,人生?"她说:"到未来之城。"我说:"请等一等!我已经累得寸步难行。岩石磨破了我的双脚,艰难险阻使我筋疲力尽。"她说:"要向前进!停止不前就是胆小、怯阵,只回顾往昔之城就是愚昧、蠢笨。"

旅美派*诗人

赫利勒①把诗歌的格律整理得有条有理,仿佛是把珍珠穿成一条条项链。如果他能想到这些格律会成为一条条准绳,人们竟用以去衡量才智;如果他能想到这些格律会成为一根根绳索,人们竟把思想的贝壳往上面拴;那他一定会扯断自己穿成的项链,任那些珍珠落地四散。

穆太奈比和伊本·法里德②曾写下了不朽的诗篇。如果他们能预见到他们的诗作竟会成为一些人干瘪思想的源泉,竟会成为缰绳,牵制我们今天一些人的情感,那么,他们一定会将自己的墨水泼在遗忘的石滩,让自己的笔杆在自己的手中折断。

~~~~~~~~~~~~~~~~

* 系指侨居在美洲的阿拉伯(主要是黎巴嫩、叙利亚)作家、诗人组成的现代阿拉伯文学流派。产生兴盛于二十世纪二三十年代。旅美派诗人歌唱自由,追求个性解放,表现出强烈的民族感情;在文学形式上,主张冲破阿拉伯古典诗歌格律的束缚而创新。纪伯伦为其代表人物。
① 赫利勒·伊本·艾哈麦德(约死于786年),被认为是精通阿拉伯语的泰斗,是第一个总结出阿拉伯诗歌格律的人,所编的《辞源》是第一部阿拉伯语词典。
② 穆太奈比(915—965),阿拉伯阿拔斯王朝著名的大诗人;伊本·法里德(1181—1234),伊斯兰教苏菲派著名诗人,写有大量神秘主义诗歌,如《修行吟》《咏酒》等。

如果荷马、维吉尔、麦阿里、弥尔顿①的魂灵得知,那仿佛是上帝的心灵化成的诗篇,竟在高门大户里的酒囊饭袋那儿停步不前,那么,这些魂灵一定会远离开我们的地球而隐没在别的行星后面。

我并非吹毛求疵、固执己见,不过实在不忍看到那些灵魂的语言竟在一群蠢人的嘴里乱传,不愿看到神灵的墨水流在一群招摇撞骗的家伙的笔端。并非是我一人对此表现出强烈不满,我看我不过是那众多的观看"青蛙"硬要把自己吹成"水牛"的人们中的一员。

人们啊!诗是神圣的灵魂的体现。是微笑——像春风吹醒心田;是悲叹——催人涕泣涟涟;是幻影——住在心中,供它营养的是灵魂,供它饮用的是感情。如果诗歌不是这样来的,那它就会像假基督②,遭人唾弃。

啊,诗神!啊,埃拉托③!请你恕那些走近你的人们无罪!——他们夸夸其谈,说得天花乱坠,却不用他们的心灵、想象和思维向你顶礼膜拜。

啊!诗人的灵魂!你们正在永恒世界的苍穹看着我们。我们本无缘走近你们的圣坛——你们曾用自己思维的珍珠和心灵的瑰宝将它装点,只是我们这个时代常常干戈相碰,又处处是工厂的嘈杂声,因此,我们的诗才应运而生,像火车一样

~~~~~~~~~~

① 荷马,古希腊著名诗人;维吉尔(前70—前19),古罗马诗人,代表作为史诗《埃涅阿斯纪》;麦阿里(973—1057),阿拉伯阿拔斯王朝时期著名的盲诗人;弥尔顿(1608—1674),英国著名诗人,写有长诗《失乐园》《复乐园》等。
② 亦称"敌基督",见于《圣经·新约·约翰书》中,指以假冒基督的方式来反对基督者。
③ 埃拉托,希腊神话中文艺九女神(缪斯)之一,司抒情诗。

冗长、笨重,像汽笛一样刺耳、难听。

你们——真正的诗人,请原谅我们!我们从属于新大陆,一向把物质追求,因此,诗也成了物质,与心灵无缘,而通过人们的手交流。

诗 人

　　是连接现实与未来的一环;是干渴的灵魂掬而饮之的甘泉;是硕果累累的大树,长在美的河岸边,供饥饿的心灵饱餐;是夜莺,在语言的枝叶间鸣啭,令人击节称叹;是云霞,朝出天边,继而扩至满天,降下甘霖,滋润人生的田野,使百花争艳;是天使,被上帝派遣下凡,教人们懂得神的灵感;是油灯,光辉灿烂,黑暗不能同它较量,器物也无法将它遮掩,是爱神阿什塔露特为它添油,是乐神阿波罗①将它点燃。

　　他孑然一身,形单影只,以淳朴为衣,以温柔为食;他坐在大自然的怀抱,学习如何创造;夜静更深,他却彻夜不眠,期待着灵感的降临;他是一位农夫,把心灵的种子撒在情感的园圃,于是五谷丰登,供人类收获、享用。

　　这就是诗人:他在世时,人们对他不闻不问;而当他辞别这个世界返回天界故乡时,人们才懂得他的价值,知道他的身份。这就是诗人:他的气息好似云蒸霞蔚,使整个天际充满了蜃楼美景,栩栩如生,壮观绚丽;而人们竟对他吝啬到使他得不到一块面包糊口,找不到一席地方安睡。

---

① 阿波罗是希腊神话中的太阳神,是宙斯与女神勒托之子。他权力很大,主管光明、青春、医药、畜牧、音乐和诗歌等。

世人啊！要到何时，你们能用荣誉筑起宫殿，让那些用自己的心血去浇灌大地的人们住在里面？要到何时，那些牺牲自己最美好的一切献给你们安宁与柔情的人们，能不再遭你们冷眼相看？世界啊！那些杀人凶手、奴役人民的暴君，受你尊敬，被你捧上了天；而对另一些人，你却视而不见，丢在一边——这些人让你在黑夜中睁开慧眼，教你如何观赏绚烂的白天；他们为了让你享受幸福，尝到甘甜，自己一生受尽了苦难，尝尽了辛酸。这种黑白颠倒还要持续到哪一天？

诗人们！你们是生活的灵魂。岁月虽然坎坷，充满艰辛，但你们却永葆青春，与世长存；虚情假意的荆棘没有刺伤你们，你们终于赢得了桂冠，永远永远地占有了人们的心！啊，诗人们！

我 的 生 日

——1908 年 12 月 6 日写于巴黎

　　是在这样的一个日子里,母亲生下了我。

　　二十五年前的这一天,寂静把我降生在这充满了喊叫、纠纷和斗争的人世间。

　　如今,我不知道月亮围着我转了多少遍,我绕着太阳却已经转了二十五圈。不过,我还是不明白光明的真谛,也不懂得黑暗的奥秘。

　　我同地球、月亮、太阳和群星一道围绕着至高无上的主宰转了二十五圈。不过你瞧:我这颗心现在还只是窃窃私语地念叨着那位主宰的大名,犹如岩洞传出海涛的回声——这岩洞是由于大海冲击而成,但它对这大海的实质却全然不清。大海潮水涨落,岩洞都大唱赞歌,但它却无法知道,这大海究竟有多宽阔。

　　二十五年前,时光挥起大笔,在世界这本奇异的大书上写下了一个字。喏,我就是那个堂奥费解的字,它一时象征着空空如也,一时又表示很多东西。

　　每年的这一天,沉思、遐想和对往事的追念,全都涌上我的心间。它们让往昔的日日夜夜都映现在我的眼前,然后又把它们驱散,好似清风吹散天边的残云一般。于是,那些回忆渐渐消逝在我屋子的各个角落里,就好像小溪淙淙在空寂深远的峡谷里流逝。

每年的这一天,我的心灵描绘出的各种魂灵都从天涯海角向我纷至沓来,它们围拢着我,唱起回忆往事的悲歌。然后它们慢慢地向后隐退,最后消失在黑暗里。它们就仿佛是一群群鸟儿,落在一座废弃了的打谷场上,没有觅见可啄的食粮,就拍打了一会儿翅膀,然后飞向了别的地方。

这一天,我往日生活的内容又展现在我面前,好像一面小镜子,我对着照了很长时间。我只看到岁月像死人一样惨白的脸,还有希望、理想和夙愿的相貌都同老人的脸似的皱成一团;然后我闭上眼,再往那镜子里看,却只看到了我自己的脸;接着,我凝眸向自己的脸看去,在脸上,我只看到了忧郁;我对那忧郁进行盘查,才发现它是一个哑巴,不会说话;如果忧郁也会言语,那它一定会比欢乐更让人感到甜蜜。

在过去的二十五年中,我爱过很多。我之所爱往往是别人所恶,而别人赞赏的事物又常常令我憎恶。孩提时代我之所爱,现在依然在爱;而现在我之所爱,也将终生不会忘怀。爱是我所能得到的一切,谁也不能让我把它舍弃。

曾有若干次,我爱过死。我用过动听的名字将它召唤,也曾明里暗里对它歌颂、称赞。我未曾忘却过死,也不曾对它不忠,但如今我也热爱人生。死与生对于我来说,都具有同样的美,有同样的吸引力,它们都让我渴慕、思念,引起我的爱恋与情感。

我爱过自由。越是看到人们受奴役、受蹂躏,我对自由就爱得越深;越是认识到人们服从的只是些吓唬人的偶像,我对自由的热爱就愈加增长。雕塑那些偶像的是黑暗的年代,是持续的愚昧把它们树立起来,是奴隶的嘴唇把它们磨出了光彩。不过像热爱自由一样,我也爱这些奴隶,并怜悯他们。因为他们是一群盲人,他们看不见自己是同虎狼的血盆大口亲吻,他们并没感到自己是把毒蛇的毒液吸吮,他们也不知道自己是在亲手为自己挖墓掘坟。我爱自由曾胜过一切,因为我觉得自由好像一位孤女,形影相吊,无依无靠;她心力交瘁,形销骨立,以至于变得好似一个透明的幻影,穿过千家万户,又在街头巷尾踯躅;她向行人打招呼,他们却不闻不问。

二十五年中,我像所有的人一样,爱过幸福。每天醒来,我同人们一道把幸福寻找,但在他们的路上,我从未把她找到。在人们宫殿周围的沙漠上,我未看见幸福的脚印;从人们寺院的窗户外,我也未听到里面传出幸福的回音。当我独自一人去找幸福时,我听到自己的心灵在对我耳语:"幸福是一位少女,生活在心的深处,那里是那样深啊,你只能望而却步。"我剖开自己的心,要把幸福追寻。我在那里看到了她的镜子、她的床、她的衣裙,但却没有发现幸福本身。

我爱过人们,非常热爱他们。这些人在我的心目中,可分三种:一种人诅咒人生坏,一种人祝福人生好,还有一种人则对人生深深地思考。我爱第一种人,因为他们日子过得太糟糕;我爱第二种人,因为他们宽容、厚道;我更爱第三种人,因为他们有头脑。

二十五年就这样过去了,我的日日夜夜就这样连续不断地匆匆逝去。就像秋风卷落叶,纷纷落地,我的日日夜夜从我人生的树上落了下去。

今天,我停下来沉思、回忆,就像经过长途跋涉而精疲力竭的行人停在半路上歇息。我环顾四周,却看不到我在人生走过的路上有什么遗迹,可以让我在太阳的面前指着它说:"这是我的。"在我的岁月里,我一无所获,只有一堆纸,斑斑点点地染着黑色的墨,还有一些画幅,杂乱而新奇,上面是种种不同的线条、色彩,和谐地堆砌在一起。在这些零散的纸张和杂乱的画幅里,我埋下了我的感情,我的思想,我的美梦,犹如农夫把种子埋在地里。不过农民到田里去,把种子撒在地里,晚上回家时满怀着希望,期待着丰收的日子,而我却是无所希望,也无所期待地把我心灵的种子抛撒了出去。

如今我已经到了人生的这个时期:透过悲叹的雾霭,我看到了往昔;透过往昔面纱的遮盖,我也隐约地看到了未来。透过我的玻璃窗,我向现实张望。我看到了人们的脸庞,听到了他们的声音直升天上,听到了他们走动的脚步声,触摸到了他们的灵魂,感觉到了他们的激情和他们那一颗颗心的跳动。我放眼看去,于是我见到孩子们在嬉戏,你追我跑,相互往脸上扬着沙土,嘻嘻哈哈地欢笑;我见到青年人昂首挺胸,阔步向前,他们仿佛在朗读青春的诗篇,那诗篇则写在衬着阳光的云端;我见到姑娘们婀娜多姿,好像迎风摇曳的柳枝,她们微笑着,像娇媚的花朵,向小伙子们暗送秋波;我见到老人们走起路来慢慢腾腾,手拄拐杖,背驼如弓,他们两眼盯着地面,仿佛是要从泥土中寻觅自己丢失的珠宝一般。我站在窗前,仔细地察看着街头巷尾这一切形形色色的身影和千变万化的画面。随后,我向城外谛视,于是我发现野地里具有庄严肃穆的美。那里一片静寂,却胜似千言万语。在那里,山高谷深,青草茂密,绿树成荫;在那里,鸟语花香,河水淙淙流向远方。然后,我又谛视荒野之外,于是我看到了大海。我见到在大海的怀抱中,藏着无数奇珍异宝;在深深的海底,还有无数难解的秘密；我看到在海面上，翻腾着泡沫、波浪；我看到大海有时暴怒，有时平静；有时显得云蒸霞蔚，有时又像散落的翡翠。而后，我又谛视着大海之外，于是我见到了无边无际的太空，见到了闪闪发亮的星星。看到了太阳、卫星、行星和恒星；见到它们之间既互相排斥又相互吸引，既相安无事，又相互抗争；它们有的是造化所生，有的是转化而成，但都靠着一种无穷无尽的力量相互联系在太空，并遵从一条法则，那法则包罗万象，无始无终。透过玻璃窗，我谛视着这一切，并不禁遐想、深思，于是我忘记了那二十五年，也不再想到那之前过去的年代和那之后将来的世纪。我觉得自身和周围或明或暗的一切都仿佛只是在永恒的空间里一个浑身战栗的孩子的一声叹息，那空间无边无际，高不可测，深不见底。不过我感到的确实是有这声叹息，这颗心灵，这个被我称为"我"的自己。我感觉到了他的行动，我听见了他的喊声。现在他正振翅飞往天空；他的两手伸向四面八方。在今天这样一个表明他的存在的日子里，他浑身战栗，东摇西晃，用出自最圣洁的心灵的声音，大声说道：

"你好啊，人生！你好啊，清醒！你好啊，睡梦！你好啊，白天！——是你用自己的光明驱散了大地的黑暗。你好啊，夜晚！——是你用自己的黑暗衬托出星光满天。你们好啊，一年四季！你好啊，春天！——是你使地球又变得年轻。你好啊，夏天！——是你在传颂太阳的光荣。你好啊，秋天！——是你奉献出辛勤的果实和劳动的收成。你好啊，冬天！——是你的愤怒重现了造化的坚定。你们好啊，岁月！——是你们把岁月掩盖的一切又展开。你们好啊，世代！——是你们把世代破坏的一切重新修复起来。你好啊，使我们日臻完美的光阴！你好啊！掌握人生的缰绳、戴着阳光的面纱致使我们看不到你的真相的灵魂！心啊,我向你问候！因为你泡在泪水里,不能讥笑这问好。嘴唇啊,我向你问候！因为你在问好的同时,自己正在尝着苦的味道。"

组　歌

一　支　歌

在我心灵深处有一支歌曲,它不想穿上词语做的外衣;那支歌隐居在我的心头,不愿随着墨水往纸上流;它如轻纱缠绕着我的情感,不肯像津液倾注在舌端。

我担心以太中的分子会将它损伤,怎肯将它吟唱?它已经习惯于安居在我的心房,我怕它受不了人们耳朵的粗俗,又能对谁将它唱出?

你若看看我的眼睛,就会看到它的幻影;你若摸摸我的指尖,就会感到它的抖颤。

我的作品将它表明,好似湖面将星光照映;我的泪水将它透露,如同朝阳下的露珠,将玫瑰花的秘密泄露。

这支歌曲,静谧让它展翅飞翔,喧嚣却使它隐匿藏起;黑夜睡梦时时将它哼起,白昼清醒却令它销声匿迹。

人们啊! 这是一首爱情之歌。哪一位以撒①曾歌唱过

---

① 以撒,原意为幸福和欢笑。据《圣经》故事传,其为亚伯拉罕和撒拉年迈时所生之子,生后合家欢乐,故起此名。

它?哪一位大卫又曾吟咏过它?

它比素馨花的气息还芬芳,谁的喉咙能将它污染?它比处女的童贞还珍贵,什么管弦敢把它糟践?

谁能将海涛轰鸣与夜莺啼啭合二而一?谁又能将狂风呼啸同小儿咿呀调谐一致?哪个人能咏唱好神的歌曲?

浪 之 歌

我同海岸是一对情人。情使我们相亲相近,风却让我们相离相分。我随着碧海丹霞来到这里,为的是将我这似银的泡沫与金沙铺就的海岸合为一体;我用自己的津液让它的心冷却一些,别那么过分炽热。

清晨,我在情人的耳边发出海誓山盟,于是他把我紧紧搂抱在怀中;傍晚,我把爱恋的祷词歌吟,于是他将我亲吻。

我生性执拗、急躁;我的情人却坚忍而有耐心。

潮水涨来时,我拥抱着他;潮水退去时,我扑倒在他的脚下。

曾有多少次,当美人鱼从海底钻出海面,坐在礁石上欣赏星空时,我围绕她们跳过舞;曾有多少次,当有情人向俊俏的少女倾诉着自己为爱情所苦时,我陪伴他长吁短叹,帮助他将衷情吐露;曾有多少次,我与礁石同席对饮,它竟纹丝不动,我同它嘻嘻哈哈,它竟面无笑容。我曾从海中托起过多少人的躯体,使他们从死里逃生;我又从海底偷出过多少珍珠,作为向美女丽人的馈赠。

夜阑人静,万物都在梦乡里沉睡,唯有我彻夜不寐,时而歌唱,时而叹息。呜呼!彻夜不眠让我形容憔悴。不过,我满腹爱情,而爱情的真谛就是清醒。

这就是我的生活;这就是我终生的工作。

雨 之 歌

我是根根晶亮的银线,神把我从天穹撒向人间,于是大自然拿我去把千山万壑装点。

我是颗颗璀璨的珍珠,从阿什施塔露特女神王冠上散落下来,于是清晨的女儿把我偷去,用以镶嵌绿野大地。

我哭,山河却在欢笑;我掉落下来,花儿却昂起了头,挺起了腰。

云彩和田野是一对情侣,我是他们之间传情的信使:这位干渴难耐,我去解除;那位相思成病,我去医治。

雷声隆隆闪电似剑,在为我鸣锣开道;一道彩虹挂青天,宣告我行程终了。尘世人生也是如此:开始于盛气凌人的物质的铁蹄之下,终结在不动声色的死神的怀抱。

我从湖中升起,借着以太的翅膀翱翔、行进。一旦我见到美丽的园林,便落下来,拥抱着青枝绿叶,吻着花儿的芳唇。

在寂静中,我用纤细的手指轻轻地敲击着窗户上的玻璃,于是那敲击声构成一种乐曲,启迪那些敏感的心扉。

空气中的热使我降生在地,我又反过来去消除这种热气。这就如同女人,她们从男人身上吸取力量,反过来又用这力量去征服男人。

我是大海的叹息,是天空的泪水,是田野的微笑。这同爱情何其酷肖:它是感情大海的叹息,是思想天空的泪水,是心灵田野的微笑。

美 之 歌

我是爱情的向导,是精神的美酒,是心灵的佳肴。我是一朵玫瑰,迎着晨曦,敞开心扉,于是少女把我摘下枝头,吻着我,把我戴上了她的胸口。

我是幸福的家园,是欢乐的源泉,是舒适的开端。我是姑娘樱唇上的嫣然一笑,小伙子见到我,霎时把疲劳和苦恼都抛到九霄云外,而使自己的生活变成美好的梦想的舞台。

我给诗人以灵感,我为画家指南,我是音乐家的教员。

我是孩子回眸的笑眼,慈爱的母亲一见,不禁顶礼膜拜,赞美上帝,感谢苍天。

我借夏娃的躯体,显现在亚当面前,并使他变得好似我的奴仆一般;我在所罗门王面前,幻化成佳丽使之倾心,从而使他成了贤哲和诗人。

我向海伦①莞尔一笑,于是特洛伊成了废墟一片;我给克娄巴特拉②戴上王冠,于是尼罗河谷地变得处处是欢歌笑语,生机盎然。

我是造化,人世沧桑由我安排;我是上帝,生死存亡归我主宰。

我温柔时,胜过紫罗兰的馥郁;我粗暴时,赛过狂风骤雨。

---

① 海伦,希腊神话中的美人,宙斯同勒达所生之女,嫁与斯巴达王为妻,后被特洛伊王子帕里斯诱拐,引起希腊人同特洛伊人的一场大规模战争。故事见荷马史诗《伊利亚特》。
② 克娄巴特拉(前69—前30),埃及托勒密王朝最著名的女王(前51—前30年在位)。

人们啊！我是真理。我是真理啊！你们要把这一点牢记在心里。

幸福之歌

我与人类相亲相爱。我渴慕他，他迷恋我。但是，何其不幸！在这爱情中还有一个第三者，让我痛苦，也使他饱受折磨。那个飞扬跋扈名叫"物质"的情敌，跟随我们，寸步不离；她像毒蛇一般，要把我们拆散。

我在荒郊野外、湖畔、树丛中寻求我的恋人，却找不见他的踪影。因为物质已经迷住他的心窍，带他进了城，去了那纸醉金迷、胡作非为的地方。

我在知识和智慧的宫殿里把他寻找，但却找不到，因为物质——那俗不可耐的女人已经把他领进个人主义的城堡，使他堕落声色犬马的泥沼。

我在知足常乐的原野上寻求他，却找不见，因为我的情敌已经把他关在贪婪的洞穴中，使他欲壑难填。

拂晓，朝霞泛金时，我将他呼唤，他却没听见，因为对往昔的眷恋使他难睁睡眼；入夜，万籁俱寂、群芳沉睡时，我同他嬉戏，他却不理我，因为对未来的憧憬占据了他整个的心绪。

我的恋人爱恋我，在他的工作中追求我，但他只能在造物主的作品中才能找到我。他想在用弱者的骷髅筑成的荣耀的大厦里，在金山银堆中同我交往；但我却只能在感情的河岸上，在造物主建起的淳朴的茅舍中才能与他欢聚一堂。他想要在暴君、刽子手面前将我亲吻；我却只让他在纯洁的花丛中悄悄地亲吻我的双唇。他千方百计寻求媒介为我们撮合,而我要求的媒人却是正直无私的劳动——美好的工作。

我的恋人从我的情敌——物质那里学会了大喊大叫,吵闹不止;我却要教会他:从自己的心泉中流出抚慰的泪水,发出自力更生、精益求精的叹息。我的恋人属于我,我也是属于他的。

花 之 歌

我是大自然的话语,大自然说出来,又收回去,把它藏在心间,然后又说一遍……

我是星星,从苍穹坠落在绿茵中。

我是诸元素之女:冬将我孕育,春使我开放,夏让我成长,秋令我昏昏睡去。

我是亲友之间交往的礼品;我是婚礼的冠冕;我是生者赠予死者最后的祭献。

清早,我同晨风一道将光明欢迎;傍晚,我又与群鸟一起为它送行。

我在原野上摇曳,使原野风光更加旖旎;我在清风中呼吸,使清风芬芳馥郁。我微睡时,黑夜星空的千万颗亮晶晶的眼睛对我察看;我醒来时,白昼的那只硕大无朋的独眼向我凝视。

我饮着朝露酿成的琼浆,听着小鸟的鸣啭、歌唱;我婆娑起舞,芳草为我鼓掌。我总是仰望高空,对光明心驰神往;我从不顾影自怜,也不孤芳自赏。而这些哲理,人类尚未完全领悟。

人之歌

> 你们原是死的,而他以生命赋予你们,然后使你们死亡,然后使你们复活,然后你们要被召归于他。
> ——《古兰经》①

从古到今,我一直存在,并将永远存在下去,直至千秋万代。

我曾遨游在无边无际的苍穹;我曾翱翔在虚幻的世界中;我接近过至高无上的光明的神界;如今我却被囚禁于物质的樊笼。

我受过孔子的教诲;听过梵天②的哲理;也曾坐在菩提树下,伴随过佛祖释迦牟尼;可我现在仍是懵懵懂懂,信不信神明,我还在斗争。

我曾在西奈山上看到过耶和华面谕摩西;曾在约旦河边见到过基督显示的奇迹;还曾在麦地那听到过阿拉伯先知的教义;可我现在却仍感到迷茫、犹疑。

我见到过巴比伦的强盛、埃及的光荣、希腊的威风,但从

---

① 见《古兰经》第二章第二十八节。
② 梵天,亦称"大梵天",音译为"婆罗诃摩",婆罗门教、印度教的创造之神,亦被称为"世祖"。

那些显赫的业绩里,我仍看到了虚弱、渺小和卑微。

我曾与阿因·杜尔的巫师、亚述的祭司和巴勒斯坦的先知们坐在一起,但我至今仍在寻求真理。

我记得降在印度的哲理、格言;能背诵出自阿拉伯半岛居民心中的诗篇;也懂得那些体现西方人情感的音乐;但我仍是又瞎又聋,既看不清,也听不见。

我曾受过狼子野心的侵略者的蹂躏!也曾遭到豪强、暴君的奴役、欺凌,然而我仍有力量来同岁月进行斗争。

这一切是我童年时代的所见所闻;我会见到和听到青年时代的事业和功勋;还将随着年迈而臻于完美,最后将皈依上帝那里。

从亘古到现在,我一直存在,并将永远存在下去,直至千秋万代。

诗人的声音

一

力量播种在我内心深处，我把它收获，献给饥饿者果腹；灵魂给这小小的葡萄藤以生命，我把那葡萄榨成汁，供予干渴者饮用；苍天为这盏灯添上油，我点燃灯，放在我家的窗口，为过往行人在黑夜中照明。我做这一切，是因为我是为此而生。如果岁月禁止我这样做，将我的双手捆起，那我就要求死去。因为一位先知在本民族被摈弃，一个诗人在同胞中变成异己，那么，活着还不如一死。

人们像风暴，喧嚣不止；我却只是静静地叹息。因为我发现，风的暴力会消失，会被时光的海洋吞噬，而叹息却将同上帝一道，永存下去。

人们追求冰冷的物质，如影随形；我却寻求爱的火焰，把它搂在胸口，让它吞噬我的肋骨，把我的肺腑熔融。因为我发现，物欲能使人没有痛苦地死去，而爱情却会用痛苦使人重生。

人类划分成不同的民族，不同的集体，分属于不同的国家，不同的地区。而我认为自己却既不属于任何一国，又不属于任何一地。因为整个地球都是我的祖国,整个人类都是我的兄弟;因为我觉得,人类本来就不够强,把自己肢解得七零八碎,岂不荒唐? 地球本来就不够大,再分成大大小小的国家,岂非太傻?

人们一起摧毁灵魂的神殿,又一道建设肉体的学院。只有我独自伤心地懂得,我已听见自己内心希望的声音在说:"正如爱情会用痛苦使人心复苏,愚昧也会教人认清知识之路。痛苦和愚昧会使兴趣更浓,使认识完整。因为永恒的睿智在日光下创造的一切并非虚空。"

二

我怀念祖国,因为那里有壮丽的山河;我热爱祖国的人民,因为他们过着苦难的生活。可是如果我的同胞被所谓的爱国主义所驱使,去侵略邻国,在那里掠夺财产,屠杀无辜,使孩子成为孤儿,让女人变成寡妇,使尸骨成山,血流成河,那我就会对我的祖国和我的同胞感到憎恶。

我赞美我的故乡,思念我的家园。可是如果一个路人经过那里,要求借住一宿,吃一顿饭,结果却遭到拒绝,而被驱赶,那么我的赞美就会变成嗟叹,我的思念会代之以遗忘,我会自言自语:"一个家庭舍不得一口面包给人充饥,舍不得床铺供人投宿,那么这种家园还不如变成一片废墟。"

我爱故乡、爱祖国,更爱整个的大地。因为正是这大地将人孕育,而神圣的人性就是神性精神降临在人世。那人性站在废墟间,赤裸的身上只披着几块破布片。他两腮凹陷,热泪涟涟,边呻吟,边向人们哭喊。人们则对他的呼喊置之不理,而高唱着种种偏见;对他的泪水视而不见,而大磨刀剑。那人性独自坐在那里向人们呼救,人们都听不见。如果有人听见了他的呼喊,走近他跟前,为他擦干眼泪,对他的灾难表示安慰,大家就会说:"不要管他!因为眼泪只能打动弱者。"

人性就是降临在人世间的神性,那神性在各国之间巡行,宣扬博爱,指出人生的途径。而人们竟把他的训诫传为笑柄,加以嘲弄。往昔,基督听从了这神性,于是人们把他钉死在十字架上;苏格拉底[①]听从了这神性,人们让他服毒身亡。如今,那些拥护基督和苏格拉底的人也听见了那神性的呼唤,并把它在人们面前广为宣传,人们无法杀害这些人,但对他们大肆嘲讽、挖苦,而这种嘲讽和挖苦比杀人更加狠毒。

耶路撒冷没能杀死基督,基督将永生在世;雅典无法杀害苏格拉底,苏格拉底将永垂青史。嘲讽、挖苦也将无法伤害那些听从人性的召唤、追随神性前进的人们,他们将永生不死,与世长存。

三

你呀,我的兄弟!我们俩都是全能的圣灵的儿子。你与我是何其相似!因为我们都是肉体的囚徒,而上帝创造这两个肉体时,用的是同一块泥。你是我人生的伴侣,是你帮助我去认识那遮在阴云后面的真理的秘密。你是人,我爱你,我的兄弟!

对我有什么看法,你尽可以畅所欲言。因为未来将会对

---

① 苏格拉底(前469—前399),古希腊大哲学家。

你裁判,那时你的话在它的法律和判决面前,将会成为确凿的证词,不容置辩。

我所有的一切,你尽可以随便拿去。因为这些钱财不过是由于我的贪心抢占来的。其中一部分理应属于你。如果你对这一部分还不满足,那就全部拿去也可以。

对于我,你可以随便处理,然而你却无法伤害我的真理。你可以放出我的血液,焚烧我的肉体,但你不会使我的灵魂痛苦,也不会将它杀死。你可以将我的手脚戴上锁链,可以把我投进黑暗的牢狱,但你却无法将我的思想羁绊,因为它是自由的,像清风吹拂在无边无际的空间。

你是我的兄弟,我爱你!

你在你的清真寺礼拜时,我爱你;你在你的庙宇顶礼膜拜时,我爱你;你在你的教堂祈祷时,我也爱你。你同我本是同一个宗教的教民,我们的宗教信仰就是灵魂。这一宗教的各派领袖,只是指向心灵完美的神性的手上紧紧相连的一个个指头。

我爱你,是因为我爱你那出自平凡的头脑的真理。那真理,我现在因为眼瞎无法将它辨认,但我确信,它神圣而纯真,因为它是心灵的作品。那真理将与我的真理在未来的世界相遇,像花儿芬芳的气息,交融在一起,变成一个完整的真理而千古永垂。与这真理一道长存的则是爱与美。

我爱你,是因为我看到你在残暴的豪强面前软弱可怜,在贪婪的财主、富翁门前啼饥号寒。因此,我曾为你哭泣。透过泪眼,我看到正义把你搂在胸前,那正义对你微笑,而对欺压你的人则冷眼相看……你是我的兄弟,我爱你!

四

你是我的兄弟,我爱你。那么,你为什么与我为敌?

你为什么离乡背井,来到我的祖国,企图让我俯首听命,而讨好那些头领?——他们是借你的力量求得光荣,靠你的辛苦取得喜幸!你为什么要抛妻离子,到这遥远的异国他乡,为将领们卖命?——他们是想用你的鲜血买得高官,用你母亲的忧伤换得他们的功名!难道兄弟阋于墙,就算得上高尚、荣光?果真那样,我们就应为该隐①树碑立像,为亚那②把赞歌高唱。

有些人说:"老弟!维护自己,这是天经地义。"我却认为野心家的特点就在于,他能让你心甘情愿地牺牲自己,而帮助他达到奴役你自家弟兄的目的。

有些人说:"要想生存,就必须侵略别人。"我却要说:维护别人的权利,才是人类最高尚、最美好的行为。我还要说:如果我生存,别人就必须死,那么,我宁愿自己死去。与其让我被别人杀死,死得既不光彩,又不清不白,那还不如趁早让我亲手把自己献给永恒的世界。

我的兄弟!自私自利会产生盲目的相互竞争和排挤,而相互竞争和排挤则会产生沙文主义,而沙文主义一旦得势,就会挑起纷争,实行奴役。

---

① 该隐,《圣经》故事中人类始祖亚当的长子,因妒忌而杀死其弟亚伯。见《创世记》。
② 亚那,据《圣经》传,是犹太大祭司该亚法的岳父,耶稣被出卖后,首先被带到他那里。

心灵应主张正义与智慧得势,战胜邪恶与愚昧;反对那种为了推行邪恶与愚昧而大动干戈的势力。正是那种势力毁灭了巴比伦,摧毁了耶路撒冷,使古罗马的建筑夷为平地;正是那种势力造就了刽子手与吸血鬼——人们竟赋予他们以"伟人"的称谓,连他们的名字也显得何其尊贵!书籍也不得不把这些人的争斗记在它们的册页里,正如这些人虽使大地的容颜染上斑斑血迹,大地却仍不得不把这些人用背负起……

我的兄弟!是什么东西使你鬼迷心窍,跟着那些骗你、害你的人瞎跑?真正的权势应当是维护天公地道的法则的睿智。如果一个政权处死杀人凶手,把盗贼送进牢监,然而它本身却侵略邻国,屠杀无辜成千上万,掠夺人家的土地、财产,那么,这个政权哪有什么正义可谈?让凶手去惩罚杀人犯,让强盗去处分窃贼,岂非荒诞?

你是我的兄弟,我爱你!爱是最高形式的正义。如果我对你的爱有什么地方亏待了你,那我就是两面三刀,玩弄诡计,用爱的漂亮外衣,掩盖着自私自利的丑恶目的。

暴 风 集

李唯中 仲跻昆 伊宏 译

掘 墓 人

在布满骷髅骸骨的地方,在雾色迷茫、群星隐没、充满疑惧的寂静夜晚,我孤身只影,踽踽而行。

那边,在斗折蛇行,像罪人之梦一般流淌的血泪河畔,我停下脚步,倾听着幽灵的私语,凝视着子虚乌有。

夜半,幽灵成群结队走出他们的巢穴。我听见沉重的脚步声,越来越近。转首望去,一个高大可怕的身影出现在面前。我大吃一惊,连忙高声喝问:"你要干什么?"

他目光熠熠,有如灯烛,看着我。然后用平静的声调回答道:"我不要什么——我要的是一切。"

我对他说:"让我做自己的事,你走你的路吧。"

他笑道:"我走的路正是你要走的路,你在哪里走,我就在哪里走;你在何处停,我也在何处停。"

我说:"我到此处是来寻幽求静的,让我孤独自处吧。"

他却说:"我正是孤独本身,难道你怕我不成?"

我说:"我并非怕你。"

他问道:"既然如此,你为何又像风中的芦苇瑟瑟发抖呢?"

我说:"这是风儿在和我的衣衫嬉戏,不是我——是衣衫在抖动。"

他哈哈大笑,那声音犹如狂风呼啸。笑毕,他又对我说道:"你真是一个胆小鬼!你害怕我,而且害怕自己——你的恐惧是双重的。可你,却用比蛛丝还要细弱的欺骗,企图向我隐瞒这一点。因此,你叫我好笑,又叫我生气。"

说完,他在一块岩石上坐了下来。我一面审视着他那令人生畏的面孔,一面克制着自己勉强坐下。

过了一会儿——我觉得过了一千年,他轻蔑地望着我,问道:

"你叫什么名字?"

我答道:"阿卜杜拉①。"

他叹息道:"'上帝的奴仆'!上帝的奴仆何其多哟!而上帝又会因他的奴仆们受多少累啊!你为何不把自己称作'魔鬼的主人',从而在其不幸上再加上一个不幸呢?"

我说:"'上帝的奴仆'这个可爱的名字,是家父在我出世之日给我取的,我决不用别的名字来代替它。"

他叹道:"孩子们的苦难寓于父辈的赏赐之中!谁不拒绝父辈和祖辈的恩赐,谁就将成为死人的奴隶,直到最后自己也变成一个死人。"

我低下头,暗自琢磨着他的话,眼前浮现出与他这些真理相似的某些梦幻画面。这时他又问道:

"你的职业是什么?"

我说:"写诗,并传扬它。我对生活有一些看法,就把这些见解呈献给世人。"

他说道:"这是一种古老而陈旧的职业,于人无益,也

---

① 阿卜杜拉意为上帝的奴仆,是阿拉伯人常用的名字。

无害。"

我问:"我的日日夜夜如何度过,才会对世人有所裨益呢?"

他说:"你可把挖掘坟墓当作职业,这是一件令活人高兴的事,这样做可以使活着的人们摆脱那些堆积在他们房舍、法庭和庙堂周围的死尸。"

我说:"我从来没有见过房屋周围堆放着死尸啊?"

他说:"你是用虚幻和迷误的眼光去看的,你看到人们在生活的风暴面前发抖,便以为他们还活着。其实,他们从出生之日起已经死去了,只是尚未找到埋葬他们的人而已,故此一直被弃置在地面上,散发着恶臭。"

这时,我的恐惧减少了一些,便问:

"我如何辨别死人和活人呢——既然二者都在风暴中抖动?"

他说:"死人在风暴面前战栗;活人则与风暴同行,他奔驰向前,除非风暴平息,他决不会在中途停步。"

这时,他用手支撑着头部,沉思着,露出了粗壮的臂膀,那坚实的筋骨,像冬青槲干一样,充满了力量和生命力。稍过片刻,他又发问道:

"你结婚了吗?"

我说:"是的,结过了。我的妻子是一位绝色美人,我很钟爱她。"

他喟然长叹:"啊,你的过错和灾难竟如此之大!婚姻不过是人在延续力面前表现出的奴性而已!假如你想得到解脱,就休掉自己的妻子,独自生活吧。"

我分辩道:"我已有三个孩子,大的刚刚学会玩球,小的还在牙牙学语,你叫我如何处置他们呢?"

他说:"你可以教他们挖掘坟墓啊!给他们每人一把铁铲,然后就让他们自己去干。"

我说:"我不堪寂寞,我已习惯于妻子儿女间这种甜蜜的生活。如果我抛弃他们,那幸福也将把我抛弃。"

他说道:"一个人生活在妻子儿女中间,无异于一种被脂粉掩饰起来的不幸。假使非要结婚不可,那就娶一位精灵之女吧。"

我极为诧异,便问:"精灵本无真实性可言,你为什么欺骗我?"

他慨叹道:"年轻人啊,你真傻!只有非精灵才无真实性可言。谁不属于精灵之列,谁就属于疑虑和混沌的世界。"

我问:"精灵女也有风雅和俏丽的吗?"

他说:"她们有永不消逝的风雅和永不凋谢的俏丽。"

我说:"让我亲眼看一看精灵之女,我才相信。"

可他说:"倘若你能看见和摸到这位精灵之女,那我就不会让你和她结婚了。"

我说:"让一个看不见摸不着的精灵女做妻子,这有什么好处呢?"

他解释道:"这样做有一种缓缓而至的好处,并能产生这样的结果,即那些只在风暴面前战栗而不与它一同前进的活物和死物全部灭绝。"

他转脸他顾,不再看我。过了一阵,又回过头来问我:

"你有何信仰?"

我说:"我信仰上帝,尊重他的天使,热爱德行,希冀着来世。"

他说道:"这些不过是祖祖辈辈编排好的陈词滥调,而今又借来置于你的唇齿之间。要讲唯一的真理,那就是:除了自己,不要信仰别的;除了自己,不要尊重别的;除了自己的所爱,不要爱好别的;除了自己的永恒,不要希冀别的。自古以来,人类就崇拜自己,但只因心性和信念不同,他给自己取了各式各样的名字,有时把自己称作'太阳神',有时把自己称作'木星',有时又把自己称作'上帝'。"

说毕,他又大笑起来。透过那揶揄嘲弄的面纱,他显得容颜焕发。接着他又加上一句:"不过,那些崇拜自己——腐尸——的人,是多么奇怪啊!"

我思虑着他说的这些话,时间又过去一分钟。我发现,在其言谈话语之中,有一些比生活更奇特,比死亡更可怖,比真理更深刻的含义。我左思右想,不禁在他的外貌和德行间徘徊起来,一种想要揭示他隐秘的意兴油然而生,我大声说道:"假如你有一个上帝的话,那就请以你的主宰为证,告诉我,你究竟是谁?"

他答道:"我是我自己的上帝。"

于是我问:"那你叫什么名字?"

他说:"'疯狂之神'。"

我问:"你生在何处?"

他说:"在所有的地方。"

我问:"你在何时降生?"

他说:"在每时每刻。"

我又问:"你是跟谁学到这些哲理的?是谁向你宣泄了生活的奥秘和存在的真谛?"

他说道："我并非智者,智慧只是弱者的某种特征,而我,却是一个坚强有力的疯狂者。当我走动时,大地会在我脚下震颤;当我停步时,群星也会随我停止运转。我是从恶魔那里学到蔑视人类的。在与精灵王国的国王们交往并与黑夜的天使们做伴之后,懂得了有和无的秘密。"

我问道："你在这崎岖的峡谷间有何贵干呢?你又如何度过自己的白天和夜晚?"

他说:"早晨,我亵渎太阳;中午,我诅咒人类;傍晚,我嘲笑自然;夜间,我膜拜自己。"

我问:"你吃什么?喝什么?睡在哪里?"

他说:"我和时间、大海同是不眠的,但我们食人肉,饮人血,以他们的喘息取乐。"

这当儿,他双臂交叉放在胸前,伫立着。随后,又和我四目相对,用深沉而平静的语调说道:

"再见吧!我就要到魔鬼和天神合二为一的地方去了。"

我嚷道:"且慢!请再给我一分钟!我还有一个问题……"

"'疯狂之神'是不给任何人宽限的。再见!"他应答着,半个身子已隐没在朦胧的夜色中。

他渐渐从我的视线中逝去,消失在茫茫黑暗里,抛下我惶惶然不知如何是好。此时此刻,我对他,对自己,都感到困惑不解。

当我移步离开这个地方时,仍能听见他的声音在巍巍群山间回响:

"再见,再见!"

翌日,我休弃了自己的妻子,并与一位精灵女结婚了。之后,我给我的孩子们每人一把铁铲和一把镢头,对他们说:"去吧,只要看到死尸,就把他埋入土中。"

自那时起直到如今,我一直在挖掘坟墓,埋葬死人。只是死人实在太多,而我却孤身只影,没有谁来相助。

十字架上的耶稣

——写在受难的星期五

今天及每年的今天,人类从沉睡中苏醒过来,站在历代亡灵面前,眼噙泪水,眺望基勒吉尔山,遥看被钉在十字架上的耶稣……白昼过去,夕阳西下时,人们跪在山脚下的偶像前顶礼膜拜。

今天,思念之情将普天下基督教徒的心魂引向耶路撒冷。他们一排排站着,手指自己的前胸,凝神注视头戴芒刺桂冠的人影,但见那个人伸开双臂,站在死亡幔帐之后,洞察生命之渊……可是,夜幕并未垂降到今日的舞台上,于是成群结队的基督教徒们,身裹愚昧、呆钝之被,在遗忘的阴影下侧卧入眠。

每年的今天,哲学家离开黑暗洞穴,思想家丢下严寒茅舍,诗人们弃离幻想谷地,纷纷来到山上,肃然默立,洗耳恭听一位青年人的声音。那个青年人指着杀他的人,说:"圣父啊,宽恕他们吧!因为他们不知道自己的所作所为……"然而寂静压倒了光明,致使哲学家、思想家和诗人又将灵魂深深埋在古书堆里。

妇女们热衷生活欢乐,酷爱华饰盛装。今天,妇女们走出家门,去看站在十字架下的那位女子。只见那位女子痛苦不堪,就像一株柔弱树苗,面临严冬风暴,前俯后仰,左右摇摆。妇女们走近她,但听她在呻吟抽噎。

青少年们随着岁月潮流,来到陌生之地。今天,青少年们回头望去,只见一位瘦弱的女孩子,正用自己的泪水,洗刷一个顶天立地的大汉脚上的血迹。当他们看厌这种景象时,便匆忙笑离而去。

每年的今天,人类伴着春天苏醒过来,为耶稣受难而痛哭落泪,然后合上眼睛,复入沉睡。而春天,则笑意盎然,昂首蹒跚,渐而转为夏令,身着金缕衣,衣角溢芳香。

人类是一位女子,以痛悼历代英豪而感到欣慰。假若人类是个男子,定为英雄的荣誉和尊严感到豪迈。

人类是个女孩子,望着受伤的鸟儿悲哀叹息;更怕面迎风暴,因为它摧枯拉朽,荡涤污泥浊水。

人类将耶稣看作一个穷苦孩子、可怜的生命,像弱者一样被蔑视,像罪犯一样被钉在十字架上,于是哭他,哀悼他,歌颂他;人类这些作为,完全出于对耶稣的崇敬、尊重。

十九代以来,人们将耶稣作为柔弱标志崇拜;而实际上,耶稣是强者,只是人们不懂得强大的真正含义。

耶稣,生时并不胆怯懦弱,死时亦未痛苦呻吟,而是生得洒脱,死得壮烈。

耶稣,并非一只折断翅膀的小鸟,而是狂飙,乍起便可折摧一切弯曲的翅膀。

耶稣从蓝色云霞后面来,并不为使痛苦变成生活的标志,而是想将生活化为真理和自由的象征。

耶稣不害怕压迫者,也不畏惧敌人;在刽子手面前,他没有喊苦鸣冤。耶稣是殉教者的领头人,怒目面对暴虐、专制的勇士。他见恶疮脓包,必定动手切除之;听坏人大放厥词,定出面制止;遇假仁假义的伪君子,无疑会将之打翻在地。

耶稣自高天降临人间,并非为了拆毁房舍,进而取其砖石建造教堂、禅房,以便招来壮男充当牧师、修士,而是要把一颗新灵魂播撒至这个世间,借以捣毁骷髅堆上的宝座支柱,拆除坟墓上的巍峨宫殿,粉碎矗立在弱者体躯上的偶像。

耶稣自高天降临人间,并非为了教人们在陋屋寒舍旁建造宏伟殿堂,而是要使人们的心成为庙宇,灵魂化为祭坛,头脑充当牧师。

这就是耶稣的所作所为。这就是耶稣甘愿被钉在十字架上而殉求的原则。如果人类心明眼亮,那么,今天他们应该站起来,欢唱凯歌。

被钉在十字架上的巨人啊,请你从基勒吉尔山上,看看历代人的队伍,听听各民族的呼声,理会一下永恒之梦。你在沾满鲜血的十字架上,比千代王朝那万把宝座上的无数君王都高贵威严;你虽面临死亡,但你比身经百战、统率千军万马的将军勇猛果敢。

你满目忧伤,然而你比百花盛开的春天欣喜欢乐;你身陷苦难泥潭,却比九霄天神从容舒展;你落入刽子手掌中,却胜过太阳的灿烂光明。

你头上的芒刺冠冕,光彩胜过拜赫拉姆①的皇冠;你掌上的铁钉,比丘比特的权杖高贵庄严;你脚上的血滴,光亮压倒

---

① 拜赫拉姆,萨珊王五世,曾残酷压迫基督教徒,从而导致了拜占庭人的干预。

阿施塔露特的钻石项链。

请你宽恕这些为你落泪的弱者吧！因为他们不知该如何祭奠自己的心魂。请原谅他们吧！因为他们不知道你用死亡战胜了死神，将生魂赐予了墓中亡灵。

奴隶主义

人是生活的奴隶。奴隶主义使得人们的白天充满屈辱、卑贱,黑夜饱浸血和泪水。

自我降生始,七千年过去了,我所见到的尽是屈辱的奴隶和戴镣铐的囚犯。

我周游过世界的东方和西方,我领略过生活的光明和黑暗,我看到民族和人民的队伍步出洞穴,走向宫殿。但是,至今我所看到的人们,个个被沉重负担压弯脖子,人人手脚被镣铐束缚,跪在偶像面前。

我跟随着人类从巴比伦行至巴黎,从尼尼微走到纽约,我亲眼看到人类的桎梏的痕迹依然印在他们足迹旁边的沙地上。我从山谷、森林所听到的,尽是世世代代痛苦呻吟的回响。

我走进宫殿、学院、庙宇,站在宝座、讲台、祭坛前,我发现劳工是商贾的奴隶,商贾是大兵的奴隶,大兵是官宦的奴隶,官宦是国王的奴隶,国王是牧师的奴隶,牧师是偶像的奴隶。但是,偶像是魔鬼弄来的一把泥土,并且将之竖立在骷髅堆上。

我进过富豪的家宅,我进过穷人的茅舍,我睡过镶金嵌银的象牙床,我宿过魔影翩跹、死气沉沉的破屋。我发现幼儿将奴性和着母乳一道吮吸,少年将屈辱伴着拼音字母一道领受,少女身穿用驯服做里子的衣衫,妇女躺在屈从的床上入眠。

我跟随一代又一代的人,从恒河畔来到幼发拉底河沿岸、尼罗河口、西奈山麓、雅典广场、罗马教堂、君士坦丁堡街巷、伦敦大厦,我发现奴隶主义阔步于各地的祭悼队伍之中,人们尊之为神灵。人们将美酒、香水洒在奴隶主义的脚下,呼之为国王。人们在奴隶主义偶像前焚香,称之为圣哲。人们在奴隶主义面前顶礼膜拜,尊之为法规。人们为奴隶主义拼搏,誉之为爱国主义。人们向奴隶主义屈膝投降,命之为上帝的影子。人们照奴隶主义的意志,烧掉房舍,摧毁建筑,称之为友谊、平等。人们为奴隶主义辛勤奔波,称之为金钱、生意……总而言之,奴隶主义名字繁多,本义无异,表现种种,实质一个。其实,奴隶主义是一个永恒的灾难,给人间带来无数意外和创伤,就像生命、习性的继承一样,父子相传;就像这些季节收获那些季节种植的庄稼一样,这个时代将它的种子播撒在另一个时代的土壤中间。

我见识过种种奴隶主义,其最出奇者,则是将人们的现在与其父辈的过去拉在一起,使其灵魂拜倒在祖辈的传统面前,让其成为陈腐灵魂的新躯壳、一把朽骨的新坟墓。

哑巴式的奴隶主义,将男子的岁月附着在他所讨厌的妻子的衣角上,将女性的躯体禁锢在她所讨厌的丈夫的床上,使夫妻双方在生活中变成鞋和脚的关系……

聋子式的奴隶主义,强迫人们依从环境,观其颜色而染色,看其衣着而更衣,听声应声,跟影随形。

瘸子式的奴隶主义,将强者的脖颈置于阴谋者的控制之下,用功名利诱有能力者服从于贪婪者的嗜好,成为贪婪者信手拨转的机器,并且随时使之停转、毁坏。

早衰式的奴隶主义,将孩童的灵魂从广宇降到贫寒家舍,使饥馑加上愚昧,屈辱添上愤怒;使他们在苦难中成长,生时犯罪,死时被遗弃。

画皮式的奴隶主义。买货不付实价,说好锦上添花,将阴谋称为聪慧,把啰嗦当作学问,将软弱称为灵活,把胆怯叫作推却。

蜷曲式的奴隶主义,以恫吓转动懦夫们的舌头,于是懦夫们言不由衷,表里不一,变得像衣物一样,在家庭主妇手中被任意摊展、折叠。

佝偻式的奴隶主义,假其他国家的法律治理本民族。

奸猾式的奴隶主义,给王子头上加国王的冠冕。

黑暗式的奴隶主义,任意侮辱加害罪犯的无辜儿子。

奴隶主义从属于奴性本身,是一种惯性力量。

我跟随着一代一代人奔走漫游,当我感到疲倦,并懒于观看民族的行列时,便独自坐在黑影密布的河谷,那里隐藏着昔日的幻梦,那里孕育着未来的魂灵。在那里,我看到一个消瘦的人影,它凝视着太阳踽踽独行。我问:

"你是谁?你叫什么名字?"

它答道:"我名叫自由。"

我又问:"你的子女何在?"

它说:"一个被钉在十字架上,一个死于狂症,一个尚未出生。"

话音未落,它便隐没在云雾之中。

致 同 胞

同胞们,你们要我怎样做?

只是让我用空洞的诺言为你们建造起一座花言巧语装饰的宫阙、黄粱美梦铺砌的殿堂?还是要我去摧毁那些骗子和懦夫修建的迷宫,把那些沽名钓誉的流氓竖起来的空中楼阁夷为平地?

同胞们,你们要我怎么办?

我是该如鸽子那样轻声咕咕,以取悦于你们呢?还是应像雄狮一般仰天怒吼,而让我自己满意?

我曾为你们歌唱过,你们却没有随歌起舞;我曾在你们面前放声悲号,你们却无动于衷,没有哭泣。难道你们要我又欢歌又哀号吗?

你们的头脑饥饿难忍,可是知识的面包却多于河谷的砾石,你们为什么不吃呢?你们的心灵干渴难耐,然而生活的源泉却像溪水绕着你们家园长流不断,你们为什么不喝呢?

海有潮汐,月有圆缺,时有冬夏,而真理却是永恒不变的。你们为什么企图丑化真理的面目呢?

夜晚静悄悄,我招呼你们观赏那皓月当空、群星灿烂的夜色,你们却惊慌地从床上一跃而起,剑拔弩张地大呼小叫:"敌人在哪里?让我们同他们拼个你死我活!"清晨,敌人兵马真的来了,我向你们呼喊,你们却不肯从睡中醒来,而继续沉湎在美梦之中。

我对你们说过:"来呀!让我们攀上山巅,我要让你们看看世界上别的王国是什么样子!"你们却回答说:"我们的祖先、父辈都是生活在这山谷里,死在这沟壑间,埋在这洞穴中的,我们怎能离开这地方,到他们未曾去过的地方呢?"

我对你们说过:"走啊!让我们到那芳原绿野上,我要让你们看看,那里有金矿,有宝藏!"你们却回答道:"草野莽原上,会有土匪、强盗拦路抢劫的。"

我对你们说过:"来!我们到海边去,大海会向我们奉献它的财宝。"你们却回答说:"惊涛骇浪会让我们吓得魂不附体;汪洋大海深不可测,会把我们淹死、吞没。"

同胞们!我曾爱过你们。这种爱损害了我,却无益于你们。如今,我恨你们了。这种恨像洪水,它只会冲走枯枝败叶,摧毁那摇摇欲坠的茅屋。

同胞们!对于你们的软弱,我曾怜悯过。但这种怜悯却使弱者有增无减,使他们更加消极、懒散,而对人生毫无益处。如今,我看到你们的软弱,我只是感到可憎、可恶、可鄙、可耻。

我曾为你们的屈辱、失意而潸然泪下。我的泪如溪流,清如水晶,却洗刷不掉你们那厚厚的污垢,而只是冲去了我眼睛上的障蔽;这泪水丝毫沾湿不了你们的铁石心肠,而只是浇熄了我心中焦虑热切的火焰。如今,对你们的痛苦,我笑了,这笑如雷声轰鸣,它不是来自风暴之后,而是响在风暴之前。

同胞们!你们要我怎样?

难道要让我请你们在平静的池水中照一照面影吗？那么请吧，看看那是何其丑陋的尊容！

快来仔细瞧瞧！畏惧已使你们的头发变得灰白，担心已将你们的眼睛深陷成黑洞，怯懦已把你们的脸颊揉搓得像皱成一团的破抹布；死神亲吻过你们的嘴唇，使它变得枯黄，好似秋天的落叶。

同胞们！你们要求我怎样呢？你们对人生又能有什么要求呢？人生已经不把你们看成它的子孙了。

你们的灵魂在教士、巫师的手心里战栗，你们的肉体在暴君、刽子手犬齿间颤抖，你们的国土在敌人和征服者的铁蹄下抖动，那你们怎能希望站立在太阳面前？

你们的剑在鞘中生了锈，你们的枪断了矛头，你们的盾埋在土中，你们又何必站在战场上？

你们的宗教是沽名钓誉，今生是谎言，来世如烟云。可怜虫可以一死万事休，你们又何必活着？

人生就是意志与青春结伴，勤奋同壮年联袂，智慧和老年相随。而你们，同胞们！你们生来就是老朽不堪，然后，你们的头脑变小了，皮肤收缩了，于是你们竟变成了一群在烂泥里滚来爬去，互相投掷泥巴、石块的黄口小儿。

人类如同一条江河，奔腾呼啸，挟山石、泥沙一泻千里，倾入大海。而你们，同胞们！却是一片污臭的泥沼，任毒虫乱爬，毒蛇乱窜。

心灵好似圣殿中一团熊熊燃烧的火，它吞噬干柴，借风生威，照亮了众神的面孔。而你们的心灵呢，同胞们！却是一堆灰烬，轻风扬起，撒在雪地上；狂风吹散，消失在山谷中。

同胞们！我恨你们,因为你们竟不喜欢尊贵、富强。

我鄙视你们,因为你们自卑自贱。

我是你们的对头,因为你们与神为敌,而你们自己却还不知道!

我们与你们

我们是忧愁之子,你们是欢乐之子。

我们是忧愁的儿子,忧愁是神灵的身影,神灵不在邪恶身旁滋生。我们生有痛苦的心灵;痛苦巨大,小小心灵无地容纳。欢笑的人们哪,我们号哭,我们悲痛。谁用自己的眼泪洗澡,他将永远洁净。

你们不认识我们,而我们了解你们。你们顺着生活的急流匆匆而去,从不回头望望我们;而我们,则坐在河畔,能看到你们的身影,能听到你们的脚步声。你们听不见我们的呐喊,因为岁月的嘈杂声充斥了你们的耳间;而我们,则能听到你们歌唱,因为黑夜的低声细语启迪了我们的听觉器官。我们能看到你们,因为你们站在黑暗里的光明之处;你们则看不见我们,因为我们坐在光明中的黑影之间。

我们是忧愁的儿子。我们是圣贤,我们是诗人,我们是乐师。我们用心中的丝线为神灵编织衣裳,我们用胸中的种子充满天主的谷仓。你们是欢乐的儿子。你们把自己的心置放在幽静之神的手中,因为它的手指柔软;你们乐意离群索居,因为房中没镜子能照出你们的容颜。

我们叹息,花儿喊喊,树枝沙沙,溪水淙淙,和着叹息一道升腾;而你们,则在微笑,口里泻出的尽是嘲弄讥讽,酷似蛇毒注入人的伤口中。

我们啼哭,因为我们目睹了寡母的不幸、孤儿的可怜;你们微笑,因为你们的眼里只有黄金闪光。我们垂泪,因为我们耳闻了穷人的呻吟、被压迫者的呐喊;你们欢乐,因为你们听到的只有杯盏铿锵。

我们悲哀,因为天主将我们的灵魂与躯壳割裂分离;你们欢欣,因为你们的躯体依附着大地。

我们是忧愁的儿子,你们是欢乐的儿子。来吧,将我们的忧愁根源和你们的欢乐果实一起放在太阳神面前!

你们用奴隶的骷髅砌起了金字塔;至今,金字塔依旧巍然屹立在大漠之上,向历代人倾诉着我们的永恒与你们的灭亡。我们用自由者的手臂捣毁了巴士底狱;各民族人民重复着"巴士底狱"这个名字,祝福你们,诅咒你们。你们在懦弱者的躯体上筑起了古巴比伦空中花园,你们在壮士的坟墓上建造了尼尼微宫殿;如今,古巴比伦、尼尼微却成了荒漠上骆驼足迹的友伴。我们以玉石雕成了阿什塔特像;如今,玉石静立思动,无声欲言。我们拨动琴弦,欢奏纳哈万德曲;乐曲唤来了知音者们那盘旋翱翔在广阔蓝天上的灵魂。我们用线条和色彩画出了马利亚肖像;色彩犹如天使的情感,线条酷似神灵的思想。

你们身不离娱乐场,而娱乐场的魔爪在罗马和安塔基亚的舞台上葬送了多少壮士;我们喜欢寂静,寂静的手指写出了《荷马史诗》《约伯记》和《塔韵长诗》。你们与淫荡之神共枕同眠,淫荡风暴将上千支妇女灵魂的队伍卷入了耻辱、败坏的深渊;我们崇尚离群索居,在幽静的环境里,成就了《悬诗》

《哈姆雷特》和《神曲》名篇。你们与贪婪之心促膝夜谈,贪婪之剑造成了千条血河;我们始终驰骋想象之力,以幻想之手从高天光环采来智慧花朵。

我们是忧愁之子,你们是欢乐之子。我们的忧愁与你们的欢乐之间障碍重重,羊肠小道崎岖艰险,你们的宝马华车无法通行。

我们同情你们的心胸狭窄,你们却憎恶我们的豁达坦然;站在我们的同情与你们的憎恶之间,时光老人也会感到难堪。

我们接近你们,将你们当作朋友,而你们却攻击我们,把我们看成敌人;友好和敌对之间隔着一条鸿沟,沟中尽是眼泪和污血。

我们为你们建造宫殿,你们却为我们挖掘墓坑;堂皇宫殿与黑暗墓坑之间,人类以铁脚穿行。

我们用鲜花为你们垫路,你们却用蒺藜为我们铺床;真理在鲜花和蒺藜之间久睡长眠。

起初,你们以粗野的软弱对付我们温柔的刚强。你们一时压倒了我们,青蛙似的鼓噪鸣唱;而我们永远地战胜了你们,却像巨人,默不作声。你们把耶稣钉在十字架上,站在四周,嘲笑、亵渎他;但是,时隔不久,耶稣从十字架上下来,巨人般地走去,以灵魂和真理制服人们,将他的尊荣、仁慈洒满人间。

你们毒死了苏格拉底,以石击死了保罗,杀死了伽利略,暗害了阿里·本·艾比·塔里布,绞死了米达哈特帕夏;如今,这些人像凯旋的伟大英雄豪杰,永远活在世人的心间。然而你们,却像覆盖着尘土的僵尸一样留在人们的记忆里,不知是谁把你们埋葬在淡忘与空荡的黑暗之间。

我们是忧愁的儿子,忧愁是乌云,把吉祥、智慧之雨露降在人间大地;你们是欢乐的儿子,欢乐像烟柱,随时可因微风、外力而无踪无迹。

麻醉剂和解剖刀

"他是个抱住自己原则不放的极端分子,甚至是个狂人。"

"他是个想入非非的家伙,他写东西是想败坏青年男女的道德。"

"假如已婚和未婚男女听信了纪伯伦在婚姻问题上的主张,那么家庭的支柱就要倒塌,人类联盟的大厦就要轰毁,世界将变成一座地狱,它的居民将变成魔鬼。"

"必须战胜他写作风格中的美的倾向,因为他是人道主义的敌人。"

"他是一个亵渎神明、背叛宗教的无政府主义者,我们奉劝吉祥山上的居民拒绝他的教唆,烧毁他的著作,以便让他们的心灵免受其中某些内容的毒害。"

"我们读了他的《被折断的翅膀》[①],发现那是搅拌在肥油里的毒药。"

[①] 《被折断的翅膀》是纪伯伦的一部中篇小说,发表于一九一一年。小说通过第一人称的追忆和叙述,再现了美丽善良的黎巴嫩少女萨勒玛的爱情悲剧。作品充满了对虚伪法律、宗教势力和传统习俗的揭露和谴责。

以上这些,是人们谈到我时的一些说法,他们说对了。我的确是个极端分子,甚至近于疯狂。我让我建设的意向趋于破坏。在我心中,有对人们视为神圣的东西的厌恶,有对他们所厌恶的东西的爱。假如我能连根拔除人类的风俗习惯、信仰传统,那我绝不会有一分钟的犹豫。至于他们当中某些人说我的书是"搅拌在肥油里的毒药",这话说出的事实却被厚厚的面纱掩盖着。事实的真相是:我并不把毒药和肥油相混合,我倒出的纯粹是毒药——不过,是倒入透明洁净的杯子里。

这一段序言可能显得粗鲁冒昧。可是,带着粗鲁的冒昧,难道不比带着温柔的背叛更好些吗?粗鲁冒昧是通过自身来显示自己,背叛却穿上了为别人剪裁的衣服。

东方人要求作家像蜜蜂那样,翩翩飞舞在田野上,采花酿蜜,营造蜂房。

东方人喜欢蜜,以为除了它就没有更好吃的东西了。他们吃蜜吃得太多,以至他们自己也变成了蜜,在火的炙烤下流淌着,只有放在冰雪里才能凝聚。

东方人要求诗人在他们的当权者、统治者和大主教们面前焚香膜拜。东方的天空已经布满了御座前、祭坛上、坟茔间升腾的烟云。但他们还不满足。于是,在我们这个时代,就出现了和穆太奈比相似的赞美者,和罕萨[①]相辉映的哀悼者,以

[①] 罕萨(575?—664?),阿拉伯古代女诗人,曾写著名的哀悼诗,悼念被杀害的兄弟和战死的儿子。

及比萨菲丁·哈里①还文雅的报喜者。

东方人要学者研究他们父辈和祖辈的历史,深入细致考察他们祖先的遗迹、风习、传统,要学者在他们冗长的语言、不胜其多的派生词、烦琐的修辞手法之间消磨时光。

东方人要求思想家给他们复述白德巴②、伊本·鲁什迪③、艾弗拉莫·希尔亚尼④、约那·迪马什基⑤等说过的话,要求思想家写文章时,切勿逾越愚蠢的训诫和拙劣的指导的界限,以及随之而来的格言和经文的界限。一个人若和这些经文保持一个调子,他的生命就会变得像阴影下苟活的草芥一样,他的思想就会变得像掺和了少量鸦片的不冷不热的水一样。

总而言之,东方人仍然生活在昔日的舞台上,他们倾心于开心解闷的消极事物,讨厌那些激励他们,使他们从酣梦中警醒的简单明了的积极原则和教诲。

东方是一个病夫,灾病轮番侵袭,瘟疫不断滋扰,他终于习惯了病痛,把自己的灾难和痛苦看成是某种自然属性,甚至看成是一些陪伴着高尚灵魂和健康躯体的良好习惯;谁要是

---

① 萨菲丁·哈里(1277—1349),阿拉伯古代诗人,是最早编纂修辞学著作的作家。
② 白德巴,阿拉伯文学名著《卡里来和笛木乃》中的印度大哲学家,曾为国王修书而得褒奖。
③ 伊本·鲁什迪(1126—1198),阿拉伯古代哲学家,精通语言、法律、诗歌、医学、天文和数学。
④ 艾弗拉莫·希尔亚尼(308—373),东正教神父,以写宗教教育著作和诗歌著称。
⑤ 约那·迪马什基(约675—749),生于大马士革,古宗教教育家,其著作对欧洲影响较大。

缺少了它们,谁就会被看成被剥夺了高度智慧和高度完美的残缺不全者。

东方的医生很多,他们守在他的病榻边,交换着对病情的看法。他们不开别的药,专开只能减轻而不能治愈疾病的临时麻醉剂。

而这精神麻醉剂,又种类繁多,形式各异,颜色有别。其中一部分是由另一部分产生出来的,就像瘟疫和病虫害那样,这部分受那部分的传染。每当东方感染上一种新的疾病时,他的医生们就给他开一服新的麻醉剂。

促使这些麻醉剂问世的原因是多种多样的,而最重要的原因是:病人屈服于著名的天命哲学、医生们的胆小怕事,他们担心加剧有效药物带来的痛苦。

给你举几个东方医生用来医治家庭、国家和宗教疾病的麻醉剂和镇静剂的例子:

因为生活上的一些具体问题,男人讨厌自己的妻子,女人讨厌自己的丈夫。于是,夫妻争吵起来,殴打起来,相互疏远了。但不过一天一宿,男方的亲属和女方的亲属就聚到一起,交换经过文饰的意见和经过推敲的想法了。他们一致同意让这对夫妇重归于好。于是,他们把妻子叫来,用能使她羞惭但不能使她折服的虚伪教训去麻痹她的感情。然后,又把丈夫叫来,用能软化但不能改变他思想的花言巧语和谚语格言去迷惑他的头脑。这样一来,一对精神上已经彼此厌弃的夫妻和好了——暂时地和好了。两人违背自己的意愿,勉强回到原先的居室,重新在一个屋顶下生活,直到镀金的漆皮"剥落",家人亲友施用的麻醉剂失效。于是,男人重又表现出他的厌恶和嫌弃,女人扯下掩盖其不幸的面纱。但是,那些制造了第一次和好的人还要来第二次,那些尝到过一点麻醉剂滋味的人,也不会对一只满盈的杯子表示拒绝的。

有人起来造专制政府或陈旧制度的反,他们组成旨在复兴和解放的改良团体。他们勇敢地发表演说,热情地书写文章,张贴标语口号,派遣代表团和代表。但是,不过一个月或两个月工夫,我们就听到,政府监禁了团体的头头,或委派了他一个什么职务。改良派呢?我们再也听不到它的一点消息了,因为它的成员已经饮了一点名牌麻醉剂,重又回到安静和驯服中去了。

一派人,为了一些根本性问题,造了他们宗教首领的反,他们批判教长本人,否定他做的一切工作,对他的言行表示厌恶,还用改信另一个近于理智而远于愚昧荒诞的教派来威胁他。可是,没过多久,我们就听说,国家的智囊们已经消除了牧人和羊群之间的分歧,用神奇的麻醉剂恢复了教长的尊严,并将盲目服从重新置于大逆不道的被统治者的心中。

软弱的被征服者受到强大的征服者的蹂躏,这时邻居对他说:"别作声!因为对抗的眼是穿透一切的箭。"

农民对修士们的虔诚表示怀疑,于是朋友对他说:"要沉默!因为书上说'听其言,异其行'。"

学生反对死记硬背巴士拉和库法学派的语言学论文[①],他的老师便对他说:"偷懒和懈怠者在为自己寻找比罪恶还丑陋的托词。"

姑娘不愿遵循老年人的习俗,于是母亲对她说:"女儿并

---

① 巴士拉和库法是伊拉克两重镇,阿拔斯王朝时,在这两座城市诞生过最早的阿拉伯语言学家。

不比当妈的强,因为我走过的那条路你也正在走。"

青年要求说明宗教义务的意义,于是神父对他说:"谁不用信仰的眼睛去看,他在这个世界上就只能看到烟与雾。"

昼夜转换,时光就这样流逝了。东方沉睡在他那柔软的床榻上,跳蚤咬他时,醒来一会儿,然后又睡去了。由于流进他血管中,渗进他血液里的麻醉剂的效力,他平静地睡了整整一辈子。而当一个人站起来,对着酣睡者大喊大叫,使他们的屋宇、庙堂、法庭充满喧嚣时,他们才睁开蒙眬的睡眼,打着呵欠说:"太粗鲁啦,一个自己不睡也不让别人睡的青年!"而后,他们又合上了双眼,对自己的灵魂耳语道:"他是一个不信神的家伙,一个叛教者,他正败坏着青年一代的道德,摧毁着祖祖辈辈营造的大厦,用毒箭中伤着人类。"

我曾多次问过自己:"我是否属于这些不愿饮用麻醉剂和镇静剂的清醒叛逆者之列?"我的回答曾是含混不清的。可是,当我听到人们亵渎我的名字,对我的原则嗤之以鼻时,我明白了,我确实醒着。我懂了,我不属于向甜蜜的梦和可爱的幻想屈膝投降者之列,而属于那些生活让他们走在既布满荆棘,又散落鲜花;既藏卧着豺狼,又飞翔着夜莺的羊肠小道上的寻求孤独者之列。

假如清醒是一种美德,那羞怯一定会阻止我去炫耀它。但它并不是一种美德,而是一个突然出现在寻求孤独的那些人面前的奇异真理。它行进在他们的前方,他们情不自禁地跟随其后,被它那看不见的线牵引着,盯住了它那庄严的意义。

在我看来,羞于宣布个人的真理是一种明显的伪善,东方人却称之为有教养。

明天,文学家兼思想家们读到以上这些文字,将烦躁不安,他们会说:"他是一个过激分子,是从阴暗面看待生活的,所以他看到的只是漆黑一团,——只要他站在我们中间哀号痛哭,为我们流泪,为我们的处境叹息,情况就是如此。"

让我对这些文学家兼思想家们说:"我为东方痛哭,是因为在尸床前跳舞是十足的疯狂。

"我为东方人流泪,是因为在病人面前欢笑是加倍的愚蠢。

"我为那可爱的国家哀号,是因为在盲目的受害者面前歌唱是瞎子的无知。

"我之所以过激,是因为那些温文尔雅地表述真理的人,只说出真理的一半,而另一半却被阻挡在他对人们的看法和说法的恐惧之后。

"我看到腐烂发臭的尸体,想要呕吐,我的五脏六腑翻腾不休。我不能安坐在它的对面,右边放上一杯饮料,左边再放上一块甜点心。

"倘若有谁想用欢笑代替我的哭号,想把我的嫌恶变为同情和怜爱,把我的激烈变为平和,那他就应该让我在东方人中看到一个公正的统治者,一个正直的法官,一个教导别人去做某事的教长,一个用看待自己的眼去看待自己的女人的丈夫。

"假如有谁想要看我翩翩起舞,听我奏乐敲鼓,那他就应该邀我到办喜事的人家去,而不应让我停留在坟茔之间。"

雄心勃勃的紫罗兰

在一座孤零零的花园里,有一株紫罗兰,花瓣艳丽,芳香四溢,幸福愉快地生活在同伴之中,得意洋洋地在群芳之间左右摆动。

一天早晨,紫罗兰戴着露珠桂冠,抬头朝四周一望,看到一朵玫瑰花,躯干苗条,翘首天空,恰似一柄火炬,插在宝石灯上。

紫罗兰咧开她那蓝色的嘴唇,叹息道:"唉,在群芳当中,我最不走运,在百卉之中,我地位最低!大自然造就了我如此低矮渺小,我只配伏在地上生存,不能像玫瑰那样,枝插蓝天,面朝太阳。"

玫瑰花听到邻居紫罗兰的哀叹,笑着摇了摇头,说:"在百花群里,你最糊涂。你身在福中不知福。大自然赋予你其他花草都不具备的芳香、文雅、美貌。赶快打消你这些奇怪的念头和有害的愿望吧!满足天赐予你的福气吧!你要知道,虚怀若谷的人,地位无比高尚;贪得无厌者,永远贫困饥荒。"

紫罗兰回答:"玫瑰花,你之所以来抚慰我,是因为你已得到了我欲得到的一切;你之所以用格言来掩盖我的低下地位,是因为你伟大高尚。在倒霉者的心中,幸运儿的劝诫是何等苦涩!在弱者面前慷慨演说的强者,何其冷若冰霜!"

大自然听了玫瑰与紫罗兰的对话,禁不住打了个寒战,提高嗓门说:"紫罗兰,我的女儿,你怎么啦?我了解你,你朴实无华,小巧玲珑,温文尔雅。究竟是贪欲缠住了你的身,还是虚荣占据了你的心?"

紫罗兰乞怜道:"力大恩深的母亲,我谨向您倾诉我心中的恳求和希望,万望您答应我的要求,让我变成一株玫瑰花,哪怕只有一天。"

大自然说:"你不知道你的要求意味着什么。你不知道华美外观的背后所隐藏的巨大灾难。倘若你的身躯变高,外貌改观,成为一株玫瑰花,恐怕到时候连后悔都来不及了。"

紫罗兰说:"改变我的外貌吧!让我变成一株身躯高大、昂首蓝天的玫瑰花……到那时候,无论如何,我的欲望总算实现啦。"

大自然说:"叛逆的傻瓜,我答应你的恳求!倘使遇上灾祸,你只能抱怨自己太傻。"

大自然伸出她那无形的神手,轻轻触摸紫罗兰的根部,顿时出现了一株高出群芳之首、色彩斑斓夺目的玫瑰花。

那天傍晚,天色突变,乌云急聚,暴风骤起,撕破世界的沉寂,电闪雷鸣相继而来,风雨一齐向花园发动攻击。刹那间,只见万木枝条摧折,百卉躯干弯曲,枝长干高的花草被连根拔掉,幸免者只有伏在地面上、隐身石头间的矮小花木荆棘。

与此同时,那座孤零零的花园遭受了其他花园所未经历过的浩劫和冲击。

风暴未停,乌云未消,已见园中花落满地。风暴过后,只有隐蔽在墙根下的紫罗兰安然无恙。

一位紫罗兰少女抬起头来,望着园中花木败落的惨状,得意地微笑了。她当即呼唤同伴："姐妹们,快来看看吧!看看风暴是怎样对待那些傲气的高大花木的!"

另一位紫罗兰姑娘说:"我们低下,匍匐在地面上,但经过暴风骤雨,我们安然无恙。"

第三位紫罗兰姑娘说:"我们虽然躯体微小,但暴风雨没把我们压倒。"

就在这时,紫罗兰王后出来一看,发现昨天还是紫罗兰的那株玫瑰就在自己身边,只见它已被风暴连根拔掉,叶子散落了一地,仿佛身中利箭,被风神抛到湿漉漉的草丛之间。

紫罗兰王后直起腰杆,舒展叶片,呼唤着:"我的女儿们,你们仔细看看!这株紫罗兰为贪欲所怂恿,变成了一株玫瑰花,挺拔一时,然后被抛入了万丈深渊。愿此成为你们的明鉴。"

玫瑰花战栗着,使尽全身气力,上气不接下气地说:"知足安分的傻姐妹们,你们听我说。昨天,我像你们一样,端坐在绿叶中间,满足于天赐之福。知足是难以逾越的障碍,它将我与生活的风暴分离开来,使我心地坦然,无忧无虑。我本来可以像你们一样,静静伏在地面上,冬来雪花裹身,未知大自然秘密,便与同伴一起步入死一般的沉寂。我本可以避开令人贪婪的事情,弃绝那些超越我天性的东西。但是,我在静夜里听到上天对人间说:'存在的目的在于追求存在以外的东西。'于是我自己背弃了自己的灵魂,贪图得到我不应得到的东西。我一直在渴望得到我没有的东西,致使这种背弃心理变成了一种巨大力量,我的渴望变成了异想天开的幻想,于是要求大自然——大自然只不过是我们心中梦想的外观——将我变成一株玫瑰花。大自然当即令我如愿以偿。大自然常用她那偏爱和渴望改变自己的形象。"

玫瑰花沉默少时,又自豪得意地说:"我当了一小时的皇后。我用玫瑰花的眼睛观看了宇宙,用玫瑰花的耳朵听到了太苍的窃窃私语,用玫瑰花的叶子感触了光明。在诸位之间,谁能得到我这份荣幸?"

之后,她弯下脖子,用近似喘息的声音说:"我就要死了。在我的心中有着一种特有的感触,这是在我之前的紫罗兰不曾有过的感触。我就要死去了,我了解到了我出生的有限天地之外的一些事情。这就是生活的目的。这就是隐藏在昼夜间发生的偶然事件背后的真正本质。"

玫瑰花合上叶子,浑身一颤,便死去了。此时,她脸上浮现出神圣的微笑——愿望实现后的微笑,胜利的微笑,上帝的微笑。

诗 人

在这个世界上,我是个异乡人。

我是个异乡人。远离故土,孤独寂寞,痛苦不堪,却使我永远思念我不认识的神秘故乡,使望不到的遥远故土的形象屡屡出现在我的梦境里。

我远离亲朋。假如遇到一位乡亲,我定会自问:这是何人?我怎么认识他?什么缘分使我与他相遇?我为什么与他接近,和他坐在一起?

我不熟悉自己的灵魂。我听到自己的嘴在说话,而我的耳朵却对自己的声音感到惊讶。也许我会看到我的心在嬉笑、哭泣、惊悸,于是我的天性孤芳自赏,我的灵魂自问自答。然而,我一直默不作声,身裹云雾,沉寂缠心。

我对自己的躯体感到陌生。每当我站在镜子面前,便从我的外表上发现内心未曾感觉过的东西,从我的眼神里看到我灵魂深处不曾隐藏过的东西。

我漫步在城市的大街上,一伙年轻人跟在我身后。他们喊叫道:"这个人是瞎子,给他一根手杖,让他探路用吧!"我急忙躲开他们。而后,我遇上一群姑娘。她们扯住我的衣角,说:"他聋得就像一块石头,我们对着他的耳朵唱支青春情歌吧!"我迅速跑开了。尔后,我碰上几个壮年人。他们站在我的周围,说:"他是个哑巴,简直像一座坟墓。让我们把他的弯舌扭正吧!"我甩开他们,慌忙逃离。此后,我见到几位老者。他们用颤抖的手指着我,说:"他是个疯子,盛怒之中失去了理智。"

在这个世界上,我是个异乡人。

我是个异乡人。我周游过大地的东方和西方,没找到自己的故乡,也没见到我认识的人,更没有人听我诉说衷肠。

我清晨醒来,发觉自己被囚禁在漆黑洞穴中,只见毒蛇倒垂穴顶,蚁虫满地爬行。我出外去见阳光,影子跟在身旁,而思想却走在我前面,但不知到哪里去探索我所不知,去何处捕捉我之所需。夜幕降临,我回到洞穴,睡在用鸵鸟羽毛和骆驼刺树枝铺成的床上,随后种种奇思异想朝我袭来,只觉悲欢苦甜,百感缠心。夜半时分,无数昔日魔影、众多民族亡魂,一齐冲出岩缝,突然站在我的面前。我望着他们,他们也望着我;我以征询的语气与他们对话,他们微笑着回答我。我想抓住他们,但他们却化为一缕青烟,转瞬踪影不见。

在这个世界上,我是个异乡人。

我是个异乡人。世间没有人懂得我心灵的语言。

我漫步在空旷的原野上,遥见溪水涌出山涧,直上山巅。我看到光秃秃的树木顷刻披上绿装,继而开花、结果,而后落叶,树枝落入谷底,瞬间化为一条条颤抖的毒蛇。我看到鸟儿展翅飞翔,时高时低,阵歌阵啼;而后群鸟落地,张开翅膀,变成裸女,个个披头散发,脖颈修长,目光含情脉脉,双唇微绽笑意;她们向我伸出手,一只只手细嫩洁白、芳香扑鼻。刹那之间,裸女隐去,如云似雾,只听天空中回荡着嘲弄我的笑声。

在这个世界上,我是个异乡人。

我是一个诗人。我用生活写的散文作诗,用生活作的诗写散文。我是个异乡人。我将永远是个异乡人,直至天年竭尽。

珍 趣 篇

伊宏 译

皮壳与内核

我饮过杯杯苦酒,即使残汁剩液也似蜜甜。

我攀登过艰途险径,最终都达到绿色的平原。

我失散于夜雾中的每一位朋友,又都会在黎明的曙光中寻见。

我曾多少次用坚忍的外衣掩饰自己的痛苦和烦恼,以为这样会得到补偿和缓解。不过,当我脱去外衣,却发现痛苦已转化为喜悦,烦恼已变作沉静与平和。

我曾多少次与同伴行走在表象的世界,我心里说:"他多么愚笨,多么迟钝!"但是,我刚一踏入隐幽的世界,就发现自己的虚妄和武断,朋友的睿智和文雅。

我曾多少次因自己的酒而醉倒,我把自己与酒友视作绵羊与豺狼。待酒醒之后,再看,我是人,他也是人。

我和你们,人们哪,被我们周围的表象所迷惑,却对我们隐藏的本质视而不见。当我们中的一个绊倒时,我们说他堕落;当他蹒跚迟缓时,我们说他颓唐衰败;当他言语含混时,我们说他是哑巴;当他呻吟叹气时,我们说这是临终前的喘息,他快死了。

我和你们,都专注于"我"的外壳和"你们"的表面,因此,我们看不见灵魂向"我"表露的东西和灵魂在"你们"身上隐藏的东西。

既然我们带着向我们袭来的骄傲,疏忽了我们身上的真实,那我们还能干些什么?

我对你们说,也许我的话是掩盖我真面目的面具;我对你们说,也对自己说,我们用眼睛看到的,不外乎是一团乌云,它挡住了我们用自己的目力应该看到的万物;我们用耳朵听到的,只不过是叮叮当当的声响,它歪曲了我们应该用自己的心灵去把握的东西。因此,当我们看到一个警察把一个人带到监狱去的时候,我们不应在二者谁是罪犯上下结论;当我们看到一个人浑身是血,另一个双手有染时,明智的做法是不要肯定哪个必定是杀人者,哪个必定是被杀者;当我们听到一个人在歌唱,另一个人在痛哭时,我们且忍耐一下,直到我们能确实肯定谁是欢快者。

不,我的兄弟!不要用一个人外在的东西去推断他的真实,不要把某人的一言或一行作为他内蕴的标识,因为也许那个口齿笨拙、声调含混、被你认作痴愚的人,他的直觉恰是智慧的道路,他的心田恰是悟性的栖息胜地;也许那个其貌不扬、生活粗劣、被你藐视的人,在大地上,是苍天的一份赠礼;在人们中,是上帝的一件赏赐。

你可能在一日之内造访一座宫殿和一间茅屋。你从宫殿走出时,带着崇敬;从茅屋走出时,充满怜悯。但是,你若能撕碎你感觉织成的表象,你的崇敬定会减弱,降至遗憾的水平;你的怜悯一定会改变,升到尊崇的高度。

你可能在晨昏之间遇到两个人,第一个和你说话时,声音中带着风暴的喧嚣,动作上具有军旅的威严;第二个和你说话时,带着惶悚,声音颤抖,结结巴巴。于是你把果决、勇敢归于第一位;把无能、软弱归于第二位。但是,你若看到日月教他们去奔赴危困,或去为某一原则做出牺牲,你一定会明白:厚颜、浮夸并非勇敢,羞赧、沉默并非怯懦。

你可能从你居室向窗外眺望,你看到路上的行人中有一位修女走在右边,一位妓女走在左边,于是你立即说:"这个多高尚!那个多堕落!"但是你若闭上你的双眼,倾听片刻,你就会听到太空中的一个轻如耳语的声音在说:"这一个用祈祷恳求我,那一个用痛苦恳求我,在她们两个的灵魂中,都有属于我的灵魂的一把伞。"

你可能在大地上巡游,寻找你称为文明、进步的东西。你走进一座城市,这里宫殿巍峨,学院宏伟,街道宽阔,人们东来西往,行色匆匆。这个钻入地下,那个盘旋在空中,这个在捕捉闪电,那个在询问空气。他们全都穿着匀称合体、制作精良的服装,好像在过节或参加联欢。

过了几天,你来到另一个城市,这里房舍矮小、街巷狭窄。天阴下雨,全城就变成水乡泽国中的泥岛。太阳升起,城市又变成尘埃的雾团。这里的居民仍然处在天然与淳朴之间,就像松弛的弓弦处在弓的两端间。他们走路慢慢腾腾,工作拖拖拉拉。他们看你时,眼睛后面似乎还有一双眼睛盯着离你老远的目标。于是,你厌恶地离开了这座城市。你心里说:"我在那座城市看到的与这座城市看到的两者之间的差别,就像初生与垂死之间的差别。那里,强劲如涨潮;这里,孱弱如退潮。那里,轰轰烈烈如春夏;这里,无声无息似秋冬。那里,坚忍是青年,在园中欢舞;这里,颓唐是老翁,倒在灰堆中。"

但是,你若能借着上帝之光去看这两座城市,那你一定会看到它们是同一座花园里的相似的两棵树。洞察力可能会把你的目光引向它俩的本质,那你就会看到,你以为正在上升的那一个只是行将破裂的闪闪发光的气泡;而你以为那满身颓唐的另一个,原是固定不变的隐蕴的本质。

不,生命并非它的表象,而是它的内蕴;可见的东西并不在于它们的皮壳,而在于它们的内核;世人之本并不在于他们的面孔,而在于他们的内心。

不,宗教并不在于教堂、寺庙所显现的那些,也不在于仪式、习俗所展示的那些,而在于隐藏在心灵中的,通过意念得到醇化后变为珍宝的东西。

不,艺术并不在于你通过耳朵听到的一首歌的抑扬顿挫,或一首诗的词句铮铮;艺术也不在于你通过眼睛看到的一幅画的线条和色彩,而在于来到这首歌的抑扬顿挫中的那段无声的颤抖的空间距离;在于通过这首诗渗入你身心的那份宁静、孤独地长驻于诗人灵魂中的东西;在于这幅画启示于你的、你凝视时所看到的比这幅画更远更美的东西。

不,我的兄弟!昼夜并非它们的外观。我,行进于昼与夜的行列中。我并不在于对你说的这些话语,而在于这些话带给你的我的宁静的心曲。如此说来,在检查我隐藏的自我之前,你不应把我当成痴愚;在暴露出我因袭的自我之前,你不应把我视作天才;在窥见我的内心之前,你不要说"他是个吝啬者";在不了解我慷慨大方的背景之前,你也不要说"他是个慷慨者";在我的爱带着它的全部光与火向你清清楚楚地表现出来之前,你不要称我是爱者;在抚摸我带血的伤口之前,你也不要认为我无忧无虑,无牵无挂。

我的心灵告诫我

我的心灵告诫我,它教我热爱人们所憎恶的事物,真诚对待人们所仇视的人。它向我阐明:爱并非爱者身上的优点,而是被爱者身上的优点。在心灵告诫我之前,爱在我这里不过是两根相近的立柱间一条被拉紧的细线,可是现在爱已变成一个始即终、终即始的光轮,它环绕着每一个存在着的事物;它慢慢地扩大,以包括每一个即将出现的事物。

我的心灵告诫我,它教我去看被形式、色彩、外表遮掩了的美,去仔细审视人们认为丑的东西,直到它变为在我认为是美的东西。在心灵告诫我之前,我所看到的美不过是烟柱间颤抖的火焰。可是现在,烟雾消失了,我看到的只是燃烧着的东西。

我的心灵告诫我,它教我去倾听并非唇舌和喉咙发出的声音。在心灵告诫我之前,我的听觉迟钝,只听到喧闹和呼喊。可是现在,我能倾听寂静,听到它的合唱队正唱着时光的颂歌和太空的赞美诗,宣示着隐幽的奥秘。

我的心灵告诫我,它教我从榨不出汁、盛不进杯,拿不到手,碰不着唇的东西中取饮。在心灵告诫我之前,我的焦渴是我倾尽溪涧和贮池中的水浇熄的灰堆上的一粒火星。可是现在,我的思慕已变为我的杯盏,我的焦渴已变为我的饮料,我的孤独已变为我的微醉。我不喝,也决不再喝了。但在这永不熄灭的燃烧中却有永不消失的快乐。

我的心灵告诫我,它教我去触摸并未成形和结晶的东西,让我知道可触知的就是半合理的,我们正在捕捉的正是部分我们想要的。在心灵告诫我之前,我冷时满足于热,热时满足于冷,温暾时满足于冷热中的一种。可是现在,我捕捉的触觉已经分散,已变成薄雾,穿过一切显现的存在,以便和隐幽的存在相结合。

我的心灵告诫我,它教我去闻并非香草和香炉发出的芬芳。在心灵告诫我之前,每当我欲享馨香时,只能求助于园丁、香水瓶或香炉。可是现在,我嗅到的是不熏燃和不挥发的馨香,我胸中充溢的是没经过这个世界任何一座花园,也没被这天空的任何一股空气运载的清新的气息。

我的心灵告诫我,它教我在未知和危险召唤时回答"我来了"!在心灵告诫我之前,我只在熟悉的声音召唤时才起立,只在我踏遍走熟的道路上行走。可是现在,已知已变成我奔向未知的坐骑,平易已变成我攀登险峰的阶梯。

我的心灵告诫我,它教我不要用自己的语言——"昨天曾经……""明天将会……"——去衡量时间。在心灵告诫我之前,我以为"过去"不过是一段逝而不返的时间,"未来"则是一个我绝不可能达到的时代。可是现在,我懂得了,眼前的一瞬间有全部的时间,包括时间中被期待的、被成就的和被证实的一切。

我的心灵告诫我,它教我不要用我的语言——"在这里""在那里""在更远的地方"——去限定空间。在心灵告诫我之前,我立于地球的某一处时,便以为自己远离了所有其他地方。可是现在,我已明白,我落脚的地方包括一切地方,我所跋涉的每一段旅程,是所有的途程。

我的心灵告诫我,它教我在周围居民酣睡时熬夜,在他们清醒时入睡。在心灵告诫我之前,我在自己的睡榻上看不到他们的梦,他们在他们的困盹中也寻不到我的梦。可是现在,我只是在他们顾盼着我时才展翅邀游于我的梦中,他们只是在我为他们获得自由而高兴时才飞翔于他们的梦中。

我的心灵告诫我,它教我不要因一个赞颂而得意,不要因一个责难而忧伤。在心灵告诫我之前,我一直怀疑自己劳动的价值和品级,直到时日为它们派来一位褒扬者或诋毁者。可是现在,我已明白,树木春天开花夏天结果并不企盼赞扬,秋天落叶冬天凋零并不害怕责难。

我的心灵告诫我,它教我明白并向我证实:我并不比草莽贫贱者高,也不比强霸伟岸者低。在心灵告诫我之前,我曾以为人分为两类:一类是我怜悯或鄙视的弱者,一类是我追随或反叛的强者。可是现在,我已懂得,我是由人类组成一个集体的东西组成的一个个体,我的成分就是他们的成分,我的蕴涵就是他们的蕴涵,我的希冀就是他们的希冀,我的目标就是他们的目标。他们如果犯了罪,那我也是罪人;他们如果做了某件好事,那我也以这件好事而自豪;他们如果站起身来,那我也一同起立;他们如果落座,那我也一同落座。

我的心灵告诫我,它教我知道:我手擎的明灯并不专属于我,我唱着的歌也不是由我的材料谱成。如果说我带着光明行走,那我并不就是光明;如果说我带着一把被上好弦的琴,那我并不就是弹奏者。

兄弟!我的心灵告诫了我,教育了我。你的心灵也告诫过你,教育过你。因为你我本是彼此相似的。我们之间没有什么不同,除了我谈论着我,在我的话语中有一点争辩;你掩饰着你,在你的隐匿中有一种美德。

你们有你们的黎巴嫩，
我有我的黎巴嫩

你们有你们的黎巴嫩；我有我的黎巴嫩。

你们有你们的黎巴嫩及其难题；我有我的黎巴嫩及其瑰丽。

你们有你们的黎巴嫩连同其中的种种企图和目的；我有我的黎巴嫩连同其中的种种梦幻和希冀。

你们有你们的黎巴嫩，那就请以它而满足；我有我的黎巴嫩，只满足那绝对的纯粹。

你们的黎巴嫩是时日企图解开的政治死结；我的黎巴嫩则是巍峨高耸，直插蓝天的山岳。

你们的黎巴嫩是宗教首领和军队司令的棋盘；我的黎巴嫩则是我看厌这运转在轮子上的文明面孔时，带着灵魂进入的圣殿。

你们的黎巴嫩是两个人：一个纳税，一个收款；我的黎巴嫩则是一个人：他倚臂于雪松荫下，除上帝和阳光外他摒弃一切。

你们的黎巴嫩是港口、邮政、贸易；我的黎巴嫩则是悠远的思想，炽热的感情，大地在天空耳畔轻轻说出的神圣语言。

你们的黎巴嫩是职员、工人、经理；我的黎巴嫩则是青年的抱负,中年的决心,老年的睿智。

你们的黎巴嫩是各种各样的代表团、委员会;我的黎巴嫩则是狂风遮天,瑞雪盖地之夜炉边的聚会。

你们的黎巴嫩是形形色色的教派和政党;我的黎巴嫩则是攀登岩石,追逐溪流,在广场上玩球的少年。

你们的黎巴嫩是演讲、报告、论辩;我的黎巴嫩则是飞鸟的啼啭,白杨树和冬青槲枝条的沙响,山洞中飘荡的管笛的回声。

你们的黎巴嫩是掩盖于虚假、聪明面纱下的谎言,是隐藏在效法和修饰外衣下的伪善;我的黎巴嫩则是一个朴素而袒露的真理,临池览照,看到的只是自己宁静的面孔和舒展的表情。

你们的黎巴嫩是纸面上的法律、条款,卷宗里的契约、合同;我的黎巴嫩则是生命奥秘中的一种禀赋,它不知自己已了然尽知,是醒觉中摸索到幽冥世界边缘的思念,它以为自己还在梦中。

你们的黎巴嫩是一位手捋胡须,蹙额皱眉,只顾自己的老翁;我的黎巴嫩则是一位矗立为塔,微笑似晨,知人知己的青年。

你们的黎巴嫩与叙利亚时分时合,若即若离;我的黎巴嫩则不合不分,不亢不卑。

你们有你们的黎巴嫩;我有我的黎巴嫩。

你们有你们的黎巴嫩及其子嗣;我有我的黎巴嫩及其儿女。

天哪,你们的黎巴嫩的子嗣是些什么人?

何不审视片刻,稍作一顾,让我给你们看看他们的真

面目:

他们的灵魂诞生在西方人的医院里。

他们的头脑在扮演慷慨者角色的贪婪者怀抱里开窍。

他们是一些柔弱的枝条,左摇右摆,却了无意志,昼夜战栗,却全然不知。

他们是这样一只航船:它与风浪搏击,却既无舵也无帆,它的船长优柔寡断,它的港口是魔窟。——噫,欧洲的所有首都难道不都是魔窟吗?

他们是些能言善辩的强人壮汉,可这只在他们彼此之间;在洋人面前,则是些哑口无言的尿包软蛋。

他们是热情洋溢的自由主义者,改良主义者,改革家,但只在他们的报刊上和讲坛上;在西方人面前,则是些唯唯诺诺、唯命是从的守旧者。

他们是些像青蛙一样鼓噪不休的人,说什么"我们已摆脱了残暴的宿敌",但他们残暴的宿敌仍然潜伏在他们体内。

他们是这样一些人:在殡葬队伍前面吹吹打打,手舞足蹈,等到他们遇见迎亲的队伍时,他们的吹奏却变为号丧哭泣,他们的舞蹈却变为捶胸撕衣。

他们只懂得钱袋饥饿,一旦他们碰到精神上的饥饿者,便嘲笑他,转身走开时还说:"这不过是在一个梦幻世界里漫游的骑士!"

他们是这样一批奴隶:当岁月用闪闪发光的镣铐换下他们生锈的镣铐时,便以为自己变成了绝对自由的人。

这些就是你们的黎巴嫩的子嗣。在他们之中有谁能代表黎巴嫩岩石中的意志、巍峨中的高贵、水泉中的甘美、空气中的芳馨?在他们之中有谁敢说"如果我死去,我丢下的祖国要比我出生时见到的祖国有点起色"? 在他们之中有谁敢说"我的生命曾是黎巴嫩血管里的一滴血,她眼睑间的一滴泪或她嘴角上的一个微笑"?

这些就是你们的黎巴嫩的子嗣。在你们眼里,他们是多么高大! 在我眼里他们是何等渺小!

不过,稍等片刻,让我给你们看看我的黎巴嫩儿女:

他们是把荒滩野地变成花圃果园的农夫。

他们是赶着羊群从一个山冈走向另一个山冈的牧人,羊儿生长繁衍,给你们提供肉以为食,毛以为穿。

他们是葡萄园的园丁,把葡萄榨成醇汁,把醇汁炼为蜜浆。

他们是种桑养蚕的父亲,纺绸织缎的母亲。

他们是收割庄稼的丈夫,聚敛柴薪的妻子。

他们是泥瓦工、陶瓷工、编织工和铸钟造铃的匠人。

他们是把自己灵魂倾注于新杯盏中的诗人,是吟诵民谣俚曲的天性淳朴的自然诗人。

他们是那些离开黎巴嫩时只有心中的热情和手臂上的意志,归来时手捧大地上的财富、头戴桂冠的人。

他们是那些不论走到哪里都能征服环境,无论出现何处都会赢得人心的人。

他们是生于低矮茅舍、死于科学殿堂的人,这些才是黎巴嫩的儿女;是风吹不灭的灯、时蚀不腐的盐。

他们是那些迈着坚定步伐奔向真理、美和完善的人。

一百年后,你们的黎巴嫩和你们黎巴嫩的子嗣们还会留下些什么呢? 告诉我,除了讼词、谎言和愚钝,你们给明天留下了什么? 难道以为时间将会在它的记忆中保存谄媚和欺骗?

难道你们以为时间会在它的衣袋里储存死亡的身影和坟墓的气息?莫非你们以为生命会用破烂的衣衫去遮盖它赤裸的身躯?我对你们说,事实为我作证:村夫在黎巴嫩山麓栽种下的橄榄树,定会比你们已经和将来成就的一切业绩都更恒久;小牛在黎巴嫩田野上拉的木犁要比你们所有的希冀和抱负更光荣、高贵!我对你们说,万物的良心在倾听着我:黎巴嫩高原上采豆女的歌声,定会比你们中最体面、最有规模的冗言赘语更有生命力!我告诉你们吧,你们是微不足道的。假如你们知道你们微不足道,那么我对你们的厌恶就会变成某种同情和怜悯,但你们并不知道。

你们有你们的黎巴嫩,我有我的黎巴嫩。

你们有你们的黎巴嫩及其子嗣,你们若能满足于空洞的气泡,那就满足于它和他们吧!而我,则以我的黎巴嫩及其儿女为满足;在我的满足中有甘甜、宁静与安逸。

完 美

你问我,兄弟,人何时能变得完美?

请听我的回答:

当人感到他是无际的天空,是无边的大海,是永远燃烧的烈火,是永恒闪耀的光芒,是狂卷或平息的风,是电闪雷鸣降雨的云,是吟唱或哀泣的小溪,是春天开花秋天落叶的树木,是高耸的山峦和低洼的峡谷,是肥沃或贫瘠的土地时,他正在走向完美。

假如人能感到这一切,他就走出了通向完美的一半路程。他如果想达到完美的终极目标,那就应感知自己的本质,知道自己是一个依赖着自己母亲的孩子,是一个对自己孩子负有责任的长者,是一个失落于自己信仰和爱情之间的青年,是一个与自己过去和未来进行搏斗的中年人,是一个隐居在自己茅庵中的膜拜者,是一个关押在自己监狱中的囚犯,是一个埋首于自己书斋和纸堆中的学者,是一个处在自己夜的黑暗和昼的明亮中的愚人,是一个置身于自己信仰的繁花与孤寂的荆棘间的修女,是一个处于自己软弱的犬齿和需求的利爪间的妓女,是一个处在自己的苦涩和屈从间的贫者,是一个陷于自己的贪欲和俯就间的富豪,是一个置身于自己黄昏的雾和魔术的光之间的诗人。

如果人能经历和了解这一切,他就会达到完美,成为上帝影子中的一个影子。

独立与红毡帽

不久以前,我读了某位文学家的一篇文章。在这篇文章中,他愤然而起,对叙利亚开往埃及的某一条法国轮船的船长和职员表示抗议。因为当他在餐桌边就座时,这些人曾强迫他或试图强迫他摘下他的红毡帽①。众所周知,在天花板下脱帽本是西方人的习惯。

这一抗议令我吃惊,因为它向我表明,东方人对其个人生活中的某种象征是多么执着。

我佩服这位叙利亚人的胆量,就像我有一次曾对一位印度王子表示钦佩一样。那次我邀请他出席观看意大利米兰城的一次歌剧演出,他对我说:"如果你邀请我去访问但丁的地狱,我会随你欣然而往。但我不能在一个禁止我缠头巾和抽烟的地方落座。"

是的,我看到东方人执着于他的某些信条。即使对他的民族习俗的某个影子也紧紧抓住不放,这使我惊讶不已。

不过,我的这一惊诧不会也绝不可能抹掉它后面的那些与东方人的本性、东方的种种嗜好与说法相联系的粗鄙事实。

---

① 红毡帽,俗称土耳其帽。中东地区男子戴的一种由红毡制成的截圆锥形帽子,平顶无檐。在近代土耳其奥斯曼帝国统治的一段时间内,戴这种帽子成为阿拉伯世俗官员、知识分子的一种时尚和标志。

这位认为在洋人轮船上脱掉红毡帽是件难事的文学家，如果能够想到，这一高贵的红毡帽本是在一家洋人的工厂里造出来的，那么对他来说，不论在任何地方、任何一条洋人船上，脱掉毡帽都是一件轻而易举的事了。

假如我们的文学家想到，在区区小事上的个人独立性，过去和将来都取决于科技独立和工业独立这两大独立的话，那么，他就会顺从地不声不响地摘掉红毡帽。

假如我们的朋友想到，精神上和心智上均受奴役的民族，是不能靠她的衣着、习俗成为自由人的。

假如他想到了这些，他就不会写他那篇抗议文章了。

如果我们的文学家想到，他的叙利亚祖父，曾乘着叙利亚船，穿着叙利亚人纺织缝制的衣服，航海到埃及，那我们的自由的英雄，就只能穿着国产的衣服，只能乘着由叙利亚船长和叙利亚海员掌舵航行的叙利亚船去埃及了。

我们勇敢的文学家的不幸，就在于他反对结果而未曾注意到原因，故在赢得本质之前已被偶发现象所控制。这是大多数东方人的情形。他们不愿意做东方人——在无聊琐碎的小事上除外。与此同时，他们却以从西方人那里模仿来的东西为荣，那些东西既不无聊，也不琐屑。

我要对我们的文学家和所有戴红毡帽的人士说：你们何不用自己的手去制作你们的红毡帽，然后在轮船的甲板上，或在高山之巅，或在幽谷深涧，去斟酌如何处置你们的红毡帽呢？

上天有知！这些话不是为红毡帽而写，也不是为红毡帽在天花板下或银河下是脱是戴而写。上天有知！这些话是为一个比所有红毡帽都久远的问题而写；这个问题悬于每个人的头上，悬于每个颤抖的身躯之上。

大 地 啊！

大地啊，你是多么瑰丽！多么灿烂辉煌！

你对光明的屈从是何等彻底！你对太阳的归顺是何等高贵！

你配上倩影时有多么典雅！你蒙上面纱时有多么俏丽！

你黎明的歌声多么甜蜜！你夜晚的呼唤是多么可畏！

大地啊，你多么完美，多么壮丽！

我跨越过你的平原，攀登过你的高山，降临过你的峡谷，爬上过你的危岩，进入过你的洞穴。因此我懂得：你的梦幻在平原，你的尊严在高山，你的平静在幽谷，你的意志在岩石，你的隐秘在洞穴。你呀，你是带着力量的广阔，带着谦虚的高耸，带着上升的沉降，带着坚强的轻柔，带着隐秘的明朗。

我航行过你的大海，跋涉过你的河川，追逐过你的溪涧，所以我听到永恒以你的潮汐谈话，时光在你的高原丘陵间吟唱，生命与生命在你的山坡小径上彼此呼唤。你呀，你是永恒的唇与舌、时光的弦与指、生命的思想与阐释。

你的春天唤醒了我，把我送到你的林间，在那里，你的馨香气息轻烟般袅袅上升。你的夏天让我在你的田野上落座，在那里，你的努力凝聚成果实。你的秋天让我在你的葡萄园里停步，在那里，你的血流淌成酒。你的冬天领着我来到你的睡榻,在那里,你的纯洁飘散成雪片。你呀,你带着春天的馨香,带着夏天的慷慨,带着秋天的丰裕,带着冬天的纯洁。

在朗朗的夜色中,我开启了我心灵的门窗,背负着自己的种种欲望,披戴着自己自私的枷锁,走到你的面前,发现你正凝视着众星,而她们正向你微笑。于是我抛去了自己的枷锁和重负,明白了心灵的居所正是你的天空,它的欲望就在你的欲望中,它的安全就在你的安全中,它的幸福就在星星撒落于你身上的金色纤尘中。

在阴云密布的夜晚,我厌倦了自己的粗疏、僵化和迟钝,来到你的身旁。于是发现,你是一位用风暴武装起来的可畏的巨人,你正用你的现在与你的过去战斗,用你的新与你的旧搏击,用你的遒劲去瓦解你的软弱。于是我明白了,人类的制度就是你的制度,人类的法律就是你的法律,人类的规范就是你的规范。谁不用自己的风暴吹折自己的枯枝,谁就会厌倦萎靡而死;谁不用自己的革命撕碎自己的败叶,谁就会默默而亡;谁不用遗忘为已逝的往昔入殓,谁就会成为往昔业绩的殓衣。

大地啊!你是多么慷慨!多么宽容!

你对你的孩子们,那些离开自己本质走向虚妄,迷失在他们已达和未尽之间的人,是何等怜悯同情啊!

我们吵闹,你微笑。

我们出走,你原谅。

我们不散,你祝福。

我们不洁,你赞美。

我们酣睡而无梦,你却梦于永恒的清醒之间。

我们用剑和矛刺伤你的胸膛,你却以油和药膏把我们的伤口涂遍。

我们把骷髅和白骨植于你的庭院,你却让它长出白杨和垂柳。

我们把腐尸交你寄存,你却让我们的打谷场堆满稼禾,让我们的酿酒厂堆满葡萄。

我们用血污浸染你的容颜,你却用多福河水清洗我们的面颊。

我们提取你的元素用来制造枪炮炸弹,你却撷取我们的元素用来构成玫瑰与百合。

大地啊,你是多么有忍耐力!你的同情心又何其多!

大地啊,你是什么?你是谁?

你是上帝从宇宙的东方向宇宙的西方巡游时从他脚下升起的一粒尘埃?还是永不熄灭的熔炉中迸出的一颗火星?

你莫非是一颗果核,它被抛向太空的田园,以便靠它内核的意志冲破皮壳,像航标一样升上太空之顶?

你是巨人群中某个巨人血管里的一滴血?还是他额上的一滴汗?

你可是太阳慢慢挥舞的一枚果实?你可是根茎延至无限之底、枝叶伸向永恒之巅的全知之树上的一颗果子?还是时间之神置于空间之神手掌上的一颗宝石?

你是苍穹怀抱中的一个婴儿?还是一位监视日夜、饱享其智慧的老人?

大地啊,你是什么?你是谁?

大地啊!你就是我!你是我的视觉,也是我的目力;你是我的智慧、我的想象、我的梦幻;你是我的饥饿和焦渴;你是我的痛苦和欢乐;你是我的迷惑与清醒。

你是我眼中之美,心中之思,灵魂中之永恒。

你就是我,大地!假如我不曾存在,那一定也没有你的过去。

阿拉伯语的前途

一、阿拉伯语的前途如何?

语言是一个民族的群体或其普遍自我的创造性表现之一,如果创造力沉寂睡去,语言就会停滞不前。在停滞中有后退,在后退中有死亡和泯灭。

因此阿拉伯语的前途,取决于讲阿拉伯语的诸民族集合体中现存的或非现存的创造性思维的前途。假若这一思想存在,这个语言的前途就会像其过去那样伟大;如果不存在,那么它的前途将会像它的姊妹叙利亚语或希伯来语现今的情况一样。

我们所称的这种创造力究竟是什么呢?

它是民族中存在的一种推动向前的意志,是这个民族心灵中对未知事物的一种饥饿、焦渴和思慕,是这个民族灵魂中日夜盼望实现的一系列梦想。这个民族不可能在这个系列的一端生成一个环节,除非生活在另一端也增加一个新环节。创造力在个人来说是才智,在群体来说是热情。所谓个人才智,仅仅是把群体隐秘的倾向置入某些明显可感的形式之中的能力。在蒙昧时代①,诗人是整装待发的,因为阿拉伯人处

---

① 在阿拉伯历史分期中指伊斯兰教出现(622年)前的时代。

于整装待发的状态中。在从蒙昧时期向伊斯兰时期跨越的时代,诗人成长着,扩张着,因为阿拉伯人当时正处在发展延伸状态下。在后古典时代,诗人分化了,因为伊斯兰民族当时正处于分化状态之中。诗人一直处在嬗变、上升和变化色彩的状态,所以有时像一个哲学家,有时像一位医生,有时又像一位天文学家,直到困倦诱惑了阿拉伯语中的创造力,于是它睡去了。借着它的沉睡,诗人们变成了编织匠,哲学家们变成了夸夸其谈者①,医生们变成了江湖骗子,天文学家们变成了占星家。

如果前面所言不错,那么阿拉伯语的前途就是由说阿拉伯语的各民族集合体中的创造力所决定。如果这些民族具有个性或精神上的统一,如果寓于这个性之中的创造力已经在长睡后苏醒,那么阿拉伯语的前途就是远大的;否则,就没有前途。

二、欧洲文明和西方精神对阿拉伯语的影响如何?

影响是一种食物,语言从外部拿来它,咀嚼它,吞食它,变为对其活的肌体有益的养分,正像树木转化为光明,空气、土壤成分转化为枝干、叶片、花朵、果实。但是,假如这一语言没有臼齿咀嚼,没有肠胃消化,那食品也就白白地浪费掉了,甚至会变成致命的毒物!多少草木在浓荫中欺骗了生命!它一旦被挪到阳光下,就枯萎了,死亡了。有道是:"拥有者被给,无有者被取。"

至于西方精神,则是一个不断前行的队列,各种语言、政

---

① 此词亦可译为"教义学家"。

府、主义从它行进的道路两侧升起的金色的灰尘中逐渐组成。走在这个队伍前面的那些民族是创造的民族,而创造者即施加影响者。走在这个队伍末尾的那些民族是模仿者,而模仿者即被影响者。当东方人当初走在前面,西方人跟在后面时,那时我们的文明对他们的语言产生了巨大的影响。可是,现在已变成他们走在前面,我们跟在人后,那他们的文明当然对我们的语言、思想、道德具有巨大影响了!

不过西方人过去曾取用过我们烹饪的食品,他们咀嚼、吞咽,把这些食品变为对西方肌体有益的营养。可是东方人现在正取用、吞食西方人做出的食品,只是不化作自己的肌体而变作准西方人。这状况是我所担心、所烦恼的,因为它向我表明,东方有时像一个失去臼齿的老人,有时又像一个没有臼齿的儿童!

西方精神既是我们的朋友,又是我们的敌人。如果我们能够从它那里获取,是朋友;如果它能够从我们这里获取,是敌人。如果我们向它敞开心扉,是朋友;如果我们把自己的心许诺给它,是敌人。如果我们从它那里选取符合我们的东西,是朋友;如果我们把自己的心灵置于完全符合它的状态,是敌人。

三、现今政治的发展进程对阿拉伯地区的影响如何?

东西方的作家和思想家们一致认为,阿拉伯地区正处于政治的、行政的和心理的混乱状态。他们大多数都这样认为:混乱是带来荒废和消散的原因。

至于我,则要问:是混乱还是厌倦?

如果是厌倦,那厌倦正是一切民族的终点,任何一个人民的完结。厌倦是小寐形式下的气绝,是睡梦形式下的死亡。

倘若原本是一种混乱,那混乱在我看倒是长期有益的。因为它正把曾经隐匿于一个民族灵魂中的东西显示出来,正把这个民族的醉意蒙眬换成清醒,把它的疏忽变成警觉。就像一场风暴,以其坚强的意志摇撼着树木,不是要连根拔除它,而是要摇断它的枯枝,吹走它的败叶。如果混乱出现在一个仍然处于某种原始状态的民族身上,那这最清楚不过地说明,在她的儿女身上存在着创造的力量,说明在她的群体中正作着准备。云雾是生命这本书的第一个词,而不是它的最后一个词,云雾只是一种被搅乱的生命。

如此说来,政治发展的影响,将改变阿拉伯地区的现状,由混乱引向秩序,将改变其内部状况,由朦胧含混引向排列协调。但是政治发展的影响不会也决不可能把这个地区的厌倦换成钟爱,把烦躁换作热情。陶工可以用泥土制出酒器或醋罐,但他不能用沙子和小石造出什么器皿来。

新 时 代

今天,在东方,有两种彼此争斗着的思想:旧思想与新思想。旧思想,将要被克服,因为它已精疲力竭,意志崩溃。

在东方有一种搅扰着沉睡的觉醒。觉醒是征服者,因为太阳是它的统帅,黎明是它的大军。

在东方的田野上——昨天东方是一个幅员辽阔的弱者,今天则是一个青春少年,屹立田野,呼唤着坟墓中的居民,让他们奋起,随着日月前进。当春天唱出她的歌,冬天的死物就会复生,脱去它的尸衣,迈出步履。

在东方的天空,有着具有生命力的震撼,它们生成,扩大,摄住了那些警觉而敏感的心,把它们揽入怀抱。这些震撼还萦绕着那些高傲而敏感的心,以赢得它们。

今天的东方有两位主人:一位主人命令、禁止、被服从,但他是一位垂死的老人;另一位主人,平静、沉寂,因各种法律制度的沉默而沉默,因真理的沉寂而沉寂,但他是一位巨人,手臂坚强有力,他知道他的意志,坚信他的存在,相信他的作用。

今天在东方有两个人:昨日的人和明日的人。东方啊,你是他们中的哪一位?

你何不走近我,让我好好看看你的面容,审视你的外貌,看你是属于走向光明者之列,还是走向黑暗者之列?

来呀,告诉我,你是什么?你是谁?

是一位政治家在那里悄悄地说"我想从我们的祖国身上获益"?还是一位热情的人在心里悄语"我渴望着让我的祖国获益"?

如果你是第一位,那你就是一个寄生虫;如果你是第二位,那你就是沙漠里的一片绿洲。

是一个商人,把人们的需求当作获得利润和自我膨胀的途径,从而垄断各种必需品,以便用一块钱卖出用一分钱买进的货物?还是一位勤奋努力的人,使编织者和耕种者之间的交换变得方便,使自己成为渴望者和被渴望者之间的一环,从而有利于被渴望者和渴望者,并从他们那里正当地获得利益?

如果你是第一位,那你便是一个囚在宫殿中或监狱中的罪犯;如果你是第二位,那你就是一个人们感谢或反对的好人。

是一位宗教首领,用人们的幼稚编织他身上的圣袍,用人们心地的单纯铸制他头上的桂冠,声称讨厌魔鬼,却靠魔鬼的财富生活?还是一位虔诚的信徒,把个人的美德看作是民族进步的基础,把穷尽自己灵魂的秘密当成为上升到普遍精神的一个阶梯?

如果你是第一位,那你就是一个白天守斋、晚上祈祷的叛教者、伪信者;如果你是第二位,那你就是真理花园中的一株晚香玉,它的馨香飘散在人们的鼻息间,或自由地上升到保存着花的气息的太空。

是一位新闻工作者,正在奴隶贩子的市场上出卖自己的思想和原则,在社会制造的灾难和不幸的消息中生长,像饥饿的鸢一样。只扑落于腐尸之上?还是一个站在文明讲坛上的教师,从日月的业绩中汲取教益,并把亲自从中得到的启示传授给人们?

如果你是第一位,那你就是一片粉刺暗疮;如果你是第二位,那你就是治病镇痛的良药。

是一位统治者,在任命他的人面前卑躬屈膝,在被他统治下的人面前趾高气扬,抬臂动手只是为了伸进他们的衣袋,抬脚迈步只是为了实现他对他们的欲望?还是一位忠实的服务者,管理着人民的事务,为他们的利益废寝忘食,孜孜不倦地去实现他们的愿望?

如果你是第一位,那你就是民族打谷场上的杂草毒苗;如果你是第二位,那你就是民族粮仓中的幸福吉祥。

是一位丈夫,认为禁止妻子享有的那些事,对自己来说都是正当合理的,出去寻欢作乐,腰间挂着妻子囚室的钥匙,吞下他爱吃的东西,以至消化不良,而妻子却孤独地坐在一只空盘子面前?还是一位伴侣,每做一件事总要和女伴手携着手,总要倾听女伴对此事的想法意见,每获得一次成功,总是让她加入到自己的快乐与光荣之中?

如果你是第一位,那你就属于已经灭绝的部落中活着的一员,这些部落住洞穴,穿兽皮;如果你是第二位,那你就是一个民族的先锋,同黎明一起走向公正与明智的白昼。

是一位精于研究的作家,昂首直视我们头顶上的东西,可头脑中的东西却匍匐于已逝往昔的深渊中;在那里一代又一代的人抛下了他们的破衣烂衫,丢弃了对他们不再有益的东西?还是一种清纯的思想,它探索着自己大洋的边缘,以便知道其益和其害,从而付出毕生精力,去建设有益的,摧毁有害的?

如果你是第一位,那你就是低能、残缺、愚钝、浮饰;如果你是第二位,那你就是饥饿者的面包、焦渴者的水。

是一位诗人,在王侯们面前弹着冬不拉,在新婚者面前抛撒着鲜花,在沉寂的死尸后面相随,手里拿着一块沉甸甸的吸满了温暾水的海绵,当走到墓地时,便用舌头和嘴唇压挤着海绵?还是一位天才,上帝把弦琴置于他的手中,让他弹出高雅的曲调,吸引我们的心灵,让我们停下脚步,庄严地立于生活及其美和可畏的面前?

如果你是第一位,那你就是只能在我们心中激起与其所欲相反的东西的巫师中的一员,他们如果哭,我们就笑,他们如果高兴,我们就哀伤;如果你是第二位,那你就是一位目光炯炯、能洞悉我们所不见的有识者,就是我们心中甘甜的希望,是我们迷惘时的神启。

我说,在东方有两支队伍:一支队伍由弯腰曲背的老朽组成,他们靠拐杖行走,气喘吁吁,疲惫不堪,虽然他们是从高处走向低处;另一支队伍则由青年人组成,他们奔跑着,好像脚上长了翅膀,他们欢呼着,好像喉咙中有弦琴,他们超越重重障碍,好像山岭的前方有一种吸引他们的力量,一种勾魂摄魄的魔力。

东方人啊,你属于哪一类?你们行进在哪一个行列里?

你不去问问自己,在清夜寂静时问问自己的心,——它已经从它深沉的迷醉中醒来了。你问问它,你属于昨日的奴隶之列还是明天的自由人之列?

我对你说:昨日的子嗣走在时代的送葬队伍中,这个时代创造了他们,他们也创造了它。我说:他们用力拉紧岁月已使其线股变糟的绳子,一旦这条绳子断了——它很快就会断的——那些攀附着它的人就会堕到遗忘的深渊中去。我说:他们住在基柱濒于倒塌的房子里,一旦狂风袭来——它就要袭来了——这些房子就会坍塌在他们的头上,这些房子对他们来说原是坟墓。我说:他们的种种思想、他们的种种言辞、他们的种种争辩、他们的种种著作、他们的种种诗集、他们的一切功业,只是沉重地牵扯着他们的锁链,他们已拉不动这些锁链,因为他们虚弱不堪。

至于明日的儿女,那他们正是生命呼唤着的人。他们踏着坚实的步伐,高昂着头颅,跟随它前进。他们是新时代的黎明,烟雾不能遮挡他们的光芒,锁链的撞击不能掩盖他们的声音,洼地的恶臭敌不住他们的馨香。他们是人数众多的派别中人数较少的一派,但是在繁枝上有朽木中所没有的东西,在麦粒中有干草堆上没有的东西。他们是不为人知的一群,但他们彼此相知,犹如巍峨的山峰,可以彼此相望,听得见彼此的呼唤。不过那些洞穴,则是看不见的瞎子,听不见的聋子。明日的儿女是上帝撒播在肥田沃土里的种子,它以内在的力量冲破了皮壳,在太阳下摇曳着柔嫩的枝干,它将成长为一棵巨树,其根深扎于地心,其枝伸向天穹。

我的沉默是歌唱

我的沉默是歌唱,
我的饥饿是坚强。
我的焦渴中有甘露,
我的清醒中有沉醉。

我的烦恼中有喜筵,
我的颠沛中有欢聚。
我的隐藏中有揭示,
我的显露中有荫蔽。

多少次怀忧倾诉,
我的心以忧愁自豪;
多少次哀哀哭泣,
我的声色舒缓平息。

多少次寻顾朋友,
朋友就在我的身边;
多少次企求建树,
权势原在我的手里!

黑漆漆的夜或许能
将希望洒向我的梦幻;
光灼灼的晨却终归
将希望聚敛去。

在心灵的明镜中
我窥见自己的身影——
我看到一个灵魂
被思想紧紧包围。

令我憔悴的与使我开怀的,
二者在我身上共居。
在我,有死亡和安息,
在我,有复苏和奋起。

假如我未曾生活,
我自然不会死去;
假如我未曾心怀希冀,
坟墓亦不会把我相期。

当我向心灵发问:
聚集我们希望的时运是什么?
心儿回答道:
——是我。

朦胧中的祖国

起来吧,黎明已经降临!
离开此地——这里我们无一友朋。
草芥也许不愿其花朵
与蔷薇牡丹之类不同;
高洁的心又怎能
与陈腐的心相近相亲!
听!这是黎明在呼唤,
来!踏着晨光前进。
沉沉黑夜已令我们餍足,
虽然它称黎明是其象征!

岁月年华已付于山谷,
幽谷间踯躅过忧思的幻影。
我们亲睹了深深的失望,
它似鸷枭盘旋在山梁上空。
我们从溪涧中取饮的是灾难,
我们从果浆中吸吮的是毒品。
我们曾把忍耐视做衣衫,
到头来衣衫被焚,只剩灰烬在身!

我们曾把柔顺当作靠枕,
酣梦中它却变为干草刺荆!

自古就被笼罩的祖国啊!
我们如何向您请求?又须通过哪条途径?
哪片荒原迷乱了您的去路?
哪座高山是阻隔的长城?我们当中谁是引路人?
祖国啊!您是沙漠蜃景——
还是追求着人的心中的希望?
您是心间飘忽的梦幻——
心儿觉醒梦幻消踪?
还是沉入黑暗之海前——
落日余晖中飞逝的彩云?

啊!思想的国度!
崇拜真理和为美祈祷者的摇篮!
我们也曾骑马驾舟
到处把您寻求——
您不在东方,不在西方;
不在南国,不在北疆;
不在天空,不在海洋;
不在平原,不在丘岗;
您在我们的灵魂中——是火,是光,
您在我的胸膛里——是我悸动的心脏!

大　海

清夜寂寂，人类的警觉
正蜷曲在帐幔里。
森林叫道："我是意志——
太阳从大地的心田将我哺育。"
　　但是大海沉默不语，
　　它在心中说："意志属于我。"

岩石夸道："我是通向清算日的路标——
是时光的手把我建造。"
　　但是大海保持沉寂，
　　它在心中说："路标属于我。"

狂风呼道："我有多么奇特——
能将天空和云雾分隔！"
　　但是大海一直静默，
　　它在心中说："风暴属于我。"

河流嚷道："我是何等甜美的饮料——
大地的干渴由我灌浇！"

但是大海悄然无语,
　它对自己说:"河流属于我。"

山岳炫耀:"我巍然屹立,
似星辰置身于太空怀抱!"
　但是大海一声不响,
　　它在心中说:"高山属于我。"

思想宣告:"我是国王——
我的财富世上无人比得了!"
　但是大海仍在安睡,
　　它在梦中说:"一切属于我。"

小溪说什么

清晨我漫步在山坡谷地,
晨光宣泄着永恒的秘密,
山涧里流淌出一条小溪,
她在歌、在唤、在吐露心曲:

生活并非安逸,
　　它是思念和希冀。
死亡并非哀歌,
　　它是失望与憔悴。
智者不在言辞,
　　其秘密在言辞背后藏匿。
伟人不在高位,
　　不屑权位者才配享荣誉。
高尚并不与先辈同义,
　　多少贤者成了先辈刀下鬼!
锁链并不象征卑贱,
　　它可能比项链更珍贵。
华服并不代表安逸,
　　天堂建在美好的心灵里。

炼狱并不限于酷刑,
　　内心空虚是地道的炼狱。
田产不会永远闪耀金光,
　　多少富豪如今在颠沛流离!
贫穷不意味着低微,
　　世上财宝来自粗食布衣。
美丽并不在于容貌,
　　俊雅是心灵闪射出的光辉。
完满的成就并不专属尊贵,
　　某些罪恶也许能带来恩惠。

这就是小溪道出的话语,
她让左右岩石听个仔细。
小溪吐露的一番衷曲,
或许归于大海的秘密。

狂 人

薛庆国 译

题　记*

你问我,怎样变为狂人?事情是这样的:在诸神降临前的一天,我从一场酣睡中醒来,发现我的面具全被盗走——那是我铸就并戴了七生的七个面具。我赤裸着脸,在人流拥挤的大街上奔跑,喊叫:"小偷!小偷!该诅咒的小偷!"

男男女女都冲我大笑,也有人惧怕得躲进了屋子。

当我到达集市时,一位青年站在屋顶上喊道:"这是个狂人!"我抬头看他,那阳光便第一次吻了我的裸脸。阳光第一次吻了我的裸脸,我的灵魂里燃起了对太阳的爱,我不再需要面具了。我似乎在恍惚中喊道:"祝福你们!祝福盗走我面具的小偷!"

就这样我变成了狂人。

因了这狂疾,我找到了自由和安宁:因孤独而自由,因不为人知而安宁;因为知晓我们的人,是要奴役我们身上的某些东西。

然而,我且不必为这份安宁过于自得——连身陷囹圄的贼犯,也享着安宁,不用提防别的贼人。

---

* 英文本原文中此节无标题。

上　帝

在远古的日子里,当我的双唇第一次颤抖地说话时,我登上圣山,向着上帝说:"主啊,我是你的奴仆,你隐秘的意愿便是我的约法,我将服膺你,直至永远。"

然而上帝一言不发,像一阵风暴席卷而过。

千年之后,我又登上圣山,向着上帝说:"造物主啊,我是你的创造物!你用泥土造就了我,我的一切,悉归于你。"

上帝一言不发,像一千个迅捷的大翼,鼓荡着远去。

又过了千年,我攀上了圣山,向着上帝说:"圣父啊,我是你的赤子!你以怜悯和爱心生下了我,我要以爱膜拜你,承继你的王国。"

上帝一言不发,似笼罩远山的轻雾悄然离去。

又一个千年过去,我重上圣山,向着上帝说道:"我的上帝,我的向往与所臻!我是你之昨日,你是我之明朝;我是你在地底的根,你是我在空中的花;我们在太阳面前一起成长。"

这时候上帝俯身过来,在我耳边款语温言了几句,像大海拥抱汇流的小溪拥我入怀。

当我下了圣山,上帝已在山谷与平原。

梦 游 者

在我出生的那个镇子里,住着一位妇人和她的女儿,她们俩都有梦游的习惯。

一个夜晚,在万籁俱寂的时分,妇人和女儿都梦游到了轻雾笼罩的花园。

母亲说话了:"完了,完了,我的死敌!是你摧残了我的青春,是你在我的废墟上建起你的生命!我真想把你杀死!"

女儿也说话了:"噢,可恨自私的老婆子!是你让我得不到更多的自由,是你巴望我同你一般晦气!你倒不如死去算了!"

恰在此时,一只公鸡啼叫了,母女俩从梦中醒来。母亲柔声问道:"是你吗,宝贝儿?"女儿也柔声应答:"是我,亲爱的。"

聪 明 的 狗

一天,一只聪明的狗在路上遇到一群猫。

走近猫群时,它见猫们个个全神贯注,毫不留心它的到来,于是停下了脚步。

这时候,猫群里站起一只神色庄重的大猫,对着伙伴们说道:"弟兄们,祈祷吧!只要你们再三祈祷,上天无疑会降下老鼠。"

狗听到这儿不禁暗笑,它一边走开一边自语:"这群蠢笨的瞎猫!经文上写着的,我和我的列祖们知道的,明明是——上天应了真诚的祈求而降下骨头,而不是老鼠!"

狐　狸

　　日出的时候,狐狸看着自己的身影说道:"今天的午餐我要吃一只骆驼。"整个上午它就四处寻找骆驼。但中午时,它又看到了自己的身影,这回它说:"有一只老鼠便够了。"

贤明的国王

先前,遥远的维拉尼城在一个强悍又贤明的国王统治下,他以强悍令人慑服,以贤明受人拥戴。

城中央有口井,井水清冽澄澈,全城的居民——包括国王和大臣们——都以这口井水为饮,因为城里没有别的水井。

忽有一夜,在全城都已入睡之后,一女巫来到城中。她在井里滴入七滴魔液,并宣称:此后再饮井水者将会变成疯子。

翌日晨,全城的居民——除了国王和侍从长——都饮了井水,并果然如女巫所言变为疯子。

当日,巷里市间的人们无不在交头接耳:"国王疯了。我们的国王和侍从长失去理智了。我们决不能受疯国王统治,我们必须罢黜他!"

入夜后,国王令人取来满满一金杯井水,他大饮一口,又将剩下的交给侍从长饮尽。

于是,遥远的维拉尼城狂欢起来,庆祝国王和侍从长恢复了理智。

另一种语言

出生后的第三天,我正躺在铺着丝绒的摇篮里,睁大着眼睛,恐惧地瞪视着周围的新世界。这时候,母亲问我的乳娘:"我的孩子怎么样?"

乳娘回答:"很好,太太。我已喂他三次奶了,我从未见过这么小就这么乖的孩子哩。"

我听后气得叫了起来:"妈,这不是真的!我睡的床太硬了,我咂的奶是苦的,乳娘的胸脯也有臭味。我难受极了!"

可是母亲和乳娘都没有听懂,因为我说的,是我刚离开的那个世界的语言。

出生后第二十一天,正给我施洗礼的牧师对母亲说:"你真应该高兴,太太,你的儿子生来就是个基督徒了。"

我感到惊奇,就冲着牧师说:"那你在天堂的母亲肯定不高兴了,因为你生来并不是基督徒。"

但牧师也没有听懂我的语言。

七个月之后,一位预言家看着我告诉母亲:"你的儿子将成为政治家,当一名伟大的统帅。"

我喊了起来:"这是个伪预言家!我要成为音乐家,我只想做音乐家!"

然而直到那时,我的语言仍然无人听懂,我不禁大为诧异。

又过去了三十三年。现在,母亲、乳娘和牧师都已去世(上帝荫庇他们的灵魂),只有预言家仍然健在。昨天我在圣殿门口见到了他,交谈时他说起:"我早就知道你会成为伟大的音乐家;当你还是个婴儿,我就预言了你的将来。"

我相信了他。因为现在的我,也已忘记那另一个世界的语言了。

两个笼子

我父亲的花园里有两个笼子：一个关着一头狮子，是父亲的奴仆从尼拿哇大漠带来的；另一个笼里关着一只辍歌多时的麻雀。

每日黎明，麻雀都要招呼狮子："早上好啊，囚徒老兄！"

三只蚂蚁

阳光下有位男子躺着睡觉,他的鼻梁上爬着三只蚂蚁。它们按各自部落的礼节互致问候,接着便交谈起来。

蚂蚁甲:"这些山丘和平原是我平生所见最贫瘠的。我找了一整天,却连什么样的一粒谷物都没发现。"

蚂蚁乙:"我也是什么都没发现,我已找遍了每块地域、每个角落。我敢说,这就是我们族人称为流沙的那种荒地。"

蚂蚁丙昂起头说:"朋友们,我们现在是站在一个超级大蚁的鼻子上;这威灵显赫、神力无穷的大蚁,它的身躯庞大到我们极目而不见,它的身影遥远到我们遍游而不逾,它的声息洪亮到我们闻之若未闻。啊,它是杳无边际的!"

蚂蚁丙在作高论时,蚂蚁甲、乙对视了一下,大笑起来。

这时候,那个男子动了动睡姿,他抬起手在鼻子上抹了一把,三只蚂蚁顷刻间便被捻得粉碎。

福佑城

年轻时听人说起这么一座城市,城里的所有人都恪守着天条生活。

我想,我该去寻找这座城市,求得那边的福佑。

城市极远,我备足了食物,整整走了四十天才望见。第四十一天,我走进了城里。

哎呀,城里的人竟然个个独眼独手!我非常惊讶,自问:"这座圣城里的居民都必须独眼独手吗?"

我马上发现人们也在惊讶地看我,大感于我的双目双手。在他们交头接耳时我问道:"这儿就是人人照着天条生活的福佑城吗?"他们点头称是。

"你们怎么了?你们的右眼和右手呢?"

人们都激动起来,有些动心,说道:"跟我们来看看吧。"

他们把我带到城中央的一座殿堂里,在里面我见到了一大堆眼珠与断手,都已经萎缩干枯。我失声叫道:"天哪!什么样的强人如此残忍地加害你们?"

他们中有人低语起来,一位长者走出来说道:"此乃我们自己所为。是上帝让我们成为强者,征服了自身的邪恶。"

他又领我到一座高高的祭坛前,人们也在后面跟随。长者和我登上祭坛,我见到了雕刻成文的天条:

"若是你的右眼使你失足,剜下右眼丢掉,你割舍部分肢体,实在要胜过将全身沦落地狱;若是你的右手使你失足,斩下右手丢掉,你割舍部分肢体,实在要胜过将全身沦落地狱。"[1]

明白了。我转过身子,对着人们大声问道:"你们中没有男人或女子还有健全的双目双手吗?"

"没有,没有一人,除了那年幼而未识天条、不懂圣命的童孺。"

出了殿堂,我赶紧离开了这座福佑城。因为我不是童孺,而且识得天条了。

---

[1] 本段文字参见《圣经·新约·马太福音》第五章第二十九、三十节。

善神与恶神

善神与恶神在山巅相遇。

善神首先致意:"你好,兄弟!"

恶神却默不作声。

善神又说:"今天你心情不好啊?"

恶神答话了:"是的,近来我常被人们误以为是你,他们用你的名字称呼我,用对你的方式对待我。这令我不快。"

善神说:"我也被人误以为是你,人们也用你的名字称呼我。"

恶神悻悻地走开了,嘴里还在诅咒着人类的愚笨。

狂人与夜的对白

"夜啊,我和你一样,黢黑而袒露;我行走在火焰道上,那道路铺基于我白昼的梦想;我的足稍一触地,就见大橡树在眼前闪现。"

"不,狂人啊,你和我不一样。因为你还回头顾瞻,看你留在沙地的足迹有多巨大。"

"夜啊,我和你一样,寂静而深邃;在我寂寞的心中,躺着位行将分娩的女神;在脱胎的婴孩身上,天堂触摸到了地狱。"

"不,狂人啊,你和我不一样。你苦痛时还会战栗,听到飘自深渊的哀歌还会失色。"

"夜啊,我和你一样,犷悍而可怖;我的耳里,充溢着被征服民族的呼号、被遗弃土地的哀叹。"

"不,狂人啊,你和我不一样。你只以你的'小我'为同道,还不把你的'大我'当作至交。"

"夜啊,我和你一样,冷酷而骇人;我的胸脯,映照着海舟焚烧的火光,我的嘴唇,浸润着被戮战士的鲜血。"

"不,狂人啊,你和我不一样。你还想望你灵魂的姐妹,还没有变成支配你自己的法则。"

"夜啊,我和你一样,快乐而愉悦;那客居我身影的男子,饮了初酿的葡萄酒而在酣睡,而相随我的女子,正在欢欣地乱纪。"

"不,狂人啊,你和我不一样。你的灵魂,是用叠了七层的纱布封裹的;你的心,还不是托在你的掌心。"

"夜啊,我和你一样,坚忍而热烈;我的胸中,窆着一千位仙逝的爱人,凋萎的吻做成了她们的缟素。"

"噫!狂人,你和我一样吗?你和我一样吗?你能驾驭风暴若轻骑?你能把握闪电如利剑?"

"夜啊,我和你一样,一样强大而高伟;我的王座,是以堕落的神祇为座基;也有白昼自我身前经过,白昼能吻到我衣裾的边缘,却绝看不到我的脸庞。"

"你和我一样吗,我贪夜的孩子?你所思的可是我不驯的思想?你所言的可是我博大的语言?"

"是的,夜啊,我们是孪生兄弟。你显出太空,我显出我的灵魂。"

星相学家

在圣殿的庇荫处,我和朋友见到一位寂坐的瞽者。朋友告诉我,他是本地最有智慧的人。

我撇下朋友,走到瞽者前打个招呼,同他交谈起来。

言谈间我问道:"请原谅我的冒昧:您自何时失明?"

"我生来是个盲人。"

"您研究的是哪门学问?"

"我是个星相学家。"

接着他把手放在胸口,又说:"我观察这里所有的太阳、月亮和星辰。"

小草的抱怨

小草对一片秋叶抱怨道:"你落地时响声太大,惊断了我一冬天的美梦。"

秋叶愤愤而答:"低贱又卑微、无歌而乖戾的东西!你不曾在空中高踞,何以知晓歌乐的美妙?"

然后,秋叶在地上躺倒入眠。到春天它才醒来——昔日的秋叶也变成了一棵小草。

又到了秋天,小草早早开始了冬眠。满树的秋叶簌簌地在头上落着。小草咕哝起来:"这些讨厌的秋叶,弄出这么大的声响,惊断了我一冬天的美梦!"

眼　睛

有一天,眼睛说:"在这片谷地之外,我看到一座被蓝雾笼罩的山峰,这岂不美丽?"

耳朵闻此,又侧起谛听了半天,说:"哪来的山峰?我听不到嘛。"

手说:"我摸来摸去也感觉不到,没有发现山峰。"

鼻子也说话了:"不会有山峰的,我闻不到。"

眼睛又把目光移向别处。耳朵、手和鼻子却开始议论起眼睛的幻觉了。他们都说:"眼睛准是出了什么毛病!"

两 夫 子

先前,古老的艾夫卡尔①城里居住着两位夫子,他们互相憎恨,互相贬损着对方的学识,因为一位是有神论者,另一位是无神论者。

有一日,两人在市场相遇,当着各自信徒们的面,他们争论起神的有无。好半天他们才偃旗息鼓。

当晚,无神论夫子来到圣殿,俯卧在祭坛之下,祈求众神宽恕他迷惘的过去。

同一时刻,有神论夫子将他的圣书付之一炬,因为他已变成了无神论者。

---

① 艾夫卡尔,阿拉伯语,意为思想。

当我的忧愁降生时

当我的忧愁降生时,我细心地照料它,爱惜地护守它。

和一切生命一样,我的忧愁也成长起来,变得强壮、美丽,而又满怀着奇趣。

我和忧愁,我们相爱着,我们也爱着周围的世界;因为我的忧愁有颗善良的心,我的心也因了忧愁而善良。

我和忧愁,当我们交谈时,我们的白昼便飞扬起来,我们的黑夜便缀饰起梦幻;因为我的忧愁有高妙的谈吐,我的谈吐也因了忧愁而高妙。

我和忧愁,当我们歌唱时,我们的邻里便端坐在窗前聆听;因为我们的歌,如大海一般深邃,我们的乐调,蕴涵着奇妙的回忆。

我和忧愁,当我们信步时,人们以和悦的眼光注目,以动人的低语称道,自然也有人眼露妒意;因为我的忧愁高洁超逸,我为我的忧愁自豪。

可我的忧愁死了,就像一切生命会死去一样,留下孤独的我冥思苦想。

现在当我说话,却只有笨拙的言辞坠落耳旁;

当我歌唱,却不再有邻人前来聆听;

当我漫步街头,也不再有路人注目一顾。

只是在睡眠中,我听到这怜悯的声音:"看哪,这里躺着的人,他的忧愁已经死去!"

当我的欢乐降生时

当我的欢乐降生时,我怀抱着它,站在屋顶放声大喊:"邻里们,来呀,过来看看吧!我的欢乐今天降生了!来看看这欢乐的小东西,它在阳光下欢笑呢!"

然而,邻里们都不来看望我的欢乐,我深感诧异。

一连七个月,每天我都在屋顶炫示我的欢乐,可是……谁都不屑一顾。我和欢乐独处一隅,无人造访。

渐渐地,我的欢乐萎靡了,困顿了,因为除我的心外,再没有另一颗心爱惜它;除我的唇外,再没有别的唇怜吻它。

终于,我的欢乐在孤绝中死去。

而今,我只在回忆死去的忧愁时忆起死去的欢乐。然而记忆只是一片秋叶,在风中喃语片刻,以后便不再作响。

"完美的世界"

司掌堕失魂灵的天神,众神中迷惘的一位,听我诉说;

温婉的命运之神,察视我们癫狂而踟躅之精魂的女神,听我诉说:

"我置身于一个完美民族之中,却是最不完美的一员。

"我,鸿蒙的初人,混沌的星云,却漂泊在完备的世间。这里,人们遵循着周全的法律、严格的秩序,他们的思想有条不紊,他们的梦境安排有序,他们的幻想登记在册。

"他们的德行和罪愆,噢,天神!是要加以称量的;即便是非德行、非罪愆,数不胜数,又像薄暮一样朦胧的琐事,也要锱铢必较。

"这里,日夜划分为行事的时辰,被无可指摘的精确规则支配。

"吃饭,饮水,睡眠,用衣衫遮蔽肌体,在一定时刻感觉到困倦;

"工作,游戏,歌唱,舞蹈,当寝时的钟声敲响后静静躺倒;

"思想,感受,一俟某颗星辰在天际升起便停止思想,停止感受;

"含笑地抢劫邻人,以优美的手势馈赠礼物,审慎地褒

扬,委婉地批评,以只言片语诛灭一颗灵魂,以一声鼻哼焚毁一个肉体,而后在白日事毕后把手洗净;

"按着既定的规范去爱,照着预定的方式取悦爱人,得体地膜拜神明,老练地私通魔鬼——然后忘却一切,只当记忆已经坏死;

"有所希冀地想象,精巧地考虑,快活地享乐,高贵地受苦——而后将杯盏倒空,以便明日再次斟满。

"噢,天神!这一切,都是先预谋后出现,先决定后产生,被精心看护,为规章支配,受理性指导,最后按预定的方式被毁灭和埋葬。甚至,这一切在活人心灵中留下的静默之坟,也要注册编号。

"这是一个完美的世界,一个精妙卓绝、奇异无比的世界;这是上帝园中至熟的果实,是宇宙的至理。可是,天神啊,何以我也忝列其间?我——未酬激情的一颗绿种,不辨东西的一股狂飙,困惑混沌的一块陨石?

"噢,司掌堕失魂灵的天神,众神中迷惘的一位,我为何也忝列其间?"

先　驱

薛庆国　译

题　记*

　　你是你自身的先驱,你建造的塔只是你"大我"的根基,你的"大我"又将成为新的根基。

　　我也是我的先驱,日出时在我面前伸展的影子,正午时将要聚在我的足下;下一次日出又将展开新的影子,它在下一个正午又要聚拢。

　　我们常常是,也将永远是自身的先驱。我们于过去和将来采撷的,只是粒粒种子,待播撒在尚未耕耘的田地上。我们是田地,是耕夫,是采撷者,也是被采物。

　　当你是徘徊于雾霭中的一个愿望,我也一样徘徊其间。我们互相寻访,我们在渴望中生长出梦想,那梦想绵绵不断,那梦想漫无涯际。

　　当你是生命颤抖的唇上一句默语,我便是那唇上的另一句默语。然后生命将我们道出,我们便在追忆昨日、向往明天的战栗中降生、长大。昨日是称臣的死神,明日是冀求的新生。

　　而今我们同在上帝的手中,你是他右手中的太阳,我是他左手里的地球;但你这个照耀人的,并不比我——被照耀

----
*　英文本原文中此节无标题。

的——更为明亮。

我们,太阳和地球,只是更大的太阳和地球的肇始。我们永远而为肇始。

路过我园门的生客,你是你自身的先驱。

我也是我的先驱,虽然我看来纹丝不动,在我的树荫下静坐。

上帝的小丑

有一次,一位梦想家从沙漠来到伟大的舍里阿①城;他的全部家当,就是身穿的衣裳和手中的一根木棒。

走在街上,他对眼前的殿堂、尖塔、宫殿,既敬畏又惊叹,舍里阿城好不富丽堂皇!他不时拉住行人,询问城市的情况,但他和行人都听不懂对方的语言。

时值中午,他在一家大饭店门前停下。饭店用金黄色的大理石砌成,人们从门口进进出出,无人阻拦。

"这一定是座圣殿!"他自言自语,一边走了进去。到里面后他惊奇地发现,眼前竟是一间华美的大厅,成双结对的男女们围坐在一张张桌边,他们边吃边喝,还在欣赏音乐。

梦想家心想:"不,这不是在拜神,一定是王子在设宴招待民众,庆祝某个大典。"

这时,一位男子——梦想家当他是王子的仆人——走了过来,请他坐下,并端来了肉肴、葡萄酒,还有精美的点心。

梦想家美餐了一顿,然后起身告辞。走到门口,他被一位衣着考究的大个男人拦住。

"这准是王子本人了。"他心想,便朝大个子鞠了一躬,以

---

① 舍里阿,阿拉伯语,意为律法。

示感谢。

大个子用城里的语言说道:"先生,您用了晚餐还没有付款呢。"

梦想家不懂,又真诚地感谢了一次。

大个子仔细地打量着他,看出这是个异乡人,这副衣衫褴褛的样子,肯定是付不起餐费的主了。于是他击一下掌,又喊了一声,当下就走来四个巡捕。他们听完大个子的讲述,就一边两人把梦想家夹在中间带走。梦想家见这几位衣着气派、威风凛凛,眼里更添了几分喜色。

他想:"他们都是上等人物啊!"

他们走着走着,一直走进法院大门。

只见大堂前方的正座上端坐一人,美髯长须,装束威严,梦想家估量他便是国王,不禁为有幸面晤国王而大喜。

巡捕们向威严端坐的法官控告了梦想家。法官当下指定两位律师,一位代表原告,一位替这异乡人辩护。两位律师先后站起发言,阐述了各自的观点。梦想家呢,还只当他俩在致欢迎词,对国王和王子的盛情款待,他心里无比感激。

判决宣布了:判罚被告胸挂书有罪名的木枷,骑着秃马在全城示众,并由号手、鼓手各一名在前开道。判决立刻执行。

身骑秃马的梦想家在号手、鼓手的引导下游街示众。城里的居民闻得喧声,纷纷拥上街头,一见眼前的情形个个笑将起来,孩童们则跟在梦想家后面招摇过市。梦想家早已乐不可支,眉飞色舞地赏阅着人群。他以为,胸前的木枷代表国王的祝福,骑马示众乃是一种殊荣。

忽然,他在马上看见了一位来自沙漠的熟人,于是高兴地朝他大叫:

"朋友！朋友！这是什么地方？这座遂心如意的城市叫什么？你知道吗？他们在王宫里为一个陌生客摆宴，王子亲自作陪，国王在他胸前挂上福匾，还让这人间天堂倾城迎接——这是哪一个慷慨的民族呀？"

沙漠里来的熟人没有作答，只是微笑着，还轻轻摇了摇头。游街的队伍继续前行。

梦想家的头高昂着，眼里闪烁着喜悦的光芒。

圣 徒

我年轻时,有一次到山那边静静的树林里拜访一位圣人。我们正在谈论着美德的本质,一位盗贼疲惫不堪、脚步趔趄地沿山路走来。走进树林时,他在圣人脚下跪倒,哀求道:"啊,圣人,我要得到您的安慰!我的罪孽已成为我的重负了!"

圣人回答:"我的罪孽,也成为我的重负了。"

盗贼:"可我是个贼人,是个强盗。"

圣人:"我也是个贼人,是个强盗。"

盗贼:"我还是个杀人犯,很多人的血在我耳边鸣冤呢。"

圣人:"我也是个杀人犯,我耳边也有很多人的血在鸣冤。"

盗贼:"我犯下了数不清的罪行。"

圣人:"我也犯下了数不胜数的罪行。"

这时盗贼站起,直瞪瞪地看着圣人,眼神有点奇怪,然后疾步离开,走下山冈。

我转过头来,向圣人问道:"您为什么替自己杜撰了种种罪行?您想过吗?此人走后不会再信服您了。"

圣人答道:"他确实不会再信服我了,但他是得了很多快慰走的。"

恰在此时,我们听到远处传来盗贼的歌声,这喜悦的歌声回荡在整个山谷。

战争与弱小民族

草原上,一头绵羊和它的小羊羔正在吃草;高空中,一只兀鹰却在盘旋,眼睛贪婪地盯着下面的羊羔。就在它将要俯冲攫取食物的时候,另一只兀鹰飞来了,在绵羊和小羊羔上方飞来飞去,心里怀着同样贪婪的念头。于是两个敌手在空中厮杀起来,空中回响着它们惨怖的哀鸣。

绵羊抬头看着,心中大惑,便低头对小羊羔说:

"咄咄怪事!我的孩子,那两只高贵的鸟儿竟会互相残杀!这辽阔的天空还不能任它们飞翔吗?祈祷吧,孩子,从心里祈求上帝,求他为你生着翅膀的兄弟带去和平。"

小羊羔便从心底里祈祷起来。

诗　人

四位诗人环坐在放着一碗美酒的桌旁。

第一位诗人说道:"我似乎用我的第三只眼,看到这美酒馥郁的香气在空中弥漫,就像一群飞鸟翩跹于一片迷人的林间。"

第二位诗人昂起头,出口成章:"通过我的内耳,我听到这些轻雾般的鸟儿在吟唱,那悠扬的歌声沁入我的心扉,正如白玫瑰用花瓣包住采蜜的蜂儿。"

第三位诗人闭起眼睛,双手上伸,慷慨陈词道:"我用手触摸到了,我感觉到它们的翅膀,恰似一个酣睡的仙女,轻轻对着我的手指呼气。"

这时第四位诗人站起,端起酒碗,说:"噢,朋友们!我的眼光、听力和触觉都太迟钝了,既不能看到这美酒的香气,也听不到它的歌声,感觉不到它翅膀的扑腾,我知道的只是这碗美酒本身。看来,我现在该喝下它,好变得敏感起来,达到你们出神入化的境界。"

说完,他把碗举到唇边,一仰头将美酒喝个精光。

那三位诗人张着嘴,看得惊呆了。他们的眼里,露出强烈而不再有诗意的仇恨。

风 向 标

风向标对着风说:"瞧你是多么讨厌,多么乏味啊!你不能换个去处,别冲着我的脸刮吗?是你破坏了上帝赐我的宁静!"

风没有作答,只是在空中大笑。

阿拉杜斯之王

有一次,阿拉杜斯城里的长老们晋见国王,请求他颁令,禁止在城里饮用葡萄酒和其他酒精饮料。

国王转过身去,冷冷一笑,走开了。

长老们惶惶不安地退下朝廷。

退到王宫门口,他们遇见了朝廷侍从长;他一见长老们面有难色,便明白了其中缘由。

侍从长说道:"真可怜,朋友们,要是你们碰见国王醉了,他必定会恩准你们的请求。"

真知与半知

浮在河边的一根木头上趴着四只青蛙。突然冲来几个浪头,木头顺流向下游慢慢漂去。青蛙们非常高兴,因为这是它们的首次航行。

后来,一只青蛙说话了:"这根木头实在神奇,它会运动,就像有生命一样,真是闻所未闻。"

第二只青蛙说:"不,朋友,这根木头跟别的木头一样,是不会运动的;运动的是河水,它流向大海,也带动了我们和这根木头。"

第三只青蛙却说:"木头和河水都不会运动,运动的是我们的意念;没有意念,一切运动都不复存在。"

三只青蛙为究竟是什么在运动争辩起来,它们越辩越热闹,嗓门也越来越大,但到底还是互不服气。

于是它们转向第四只青蛙,它一直在细心听着各方的言论,并未作声。青蛙们请它发表见解。

它说:"你们都对,说得都不错。运动的既是木头,也是河水,也是我们的意念。"

那三只青蛙听罢勃然大怒,因为谁都不想接受:自己的观点不是完全正确,人家的观点不是完全错误。

接下来怪事发生了:三只青蛙同仇敌忾,一起使劲把第四只青蛙推进了河中。

"白纸如是说……"

一张雪一样洁白的纸片如是说:"我生来纯洁无瑕,愿今后永葆这份纯洁。我宁可被焚,化为白烬,也不愿黑色玷污我,不愿脏物靠近我。"

墨水瓶听了白纸的话,在自己黑色的心中暗笑,后来便再不敢接近白纸。彩笔听了白纸的话也再不去碰它了。

果然,这张白纸得以永葆自己的洁白和纯净了:洁白,纯净,又空空如也。

学者与诗人

蛇对云雀说:"你会高飞,但你无法到大地深处探幽;在那里,生命的元气在完美的静谧中涌动。"

云雀答道:"是呀,你无所不通,岂止如此,你的智慧简直无与伦比。可惜——你不会飞翔!"

蛇好像没听到云雀答话一样,继续说道:"你见不到蕴于深处的奥秘,无由在地下王国的宝藏中蠕动。就在昨天,我还在一个红宝石洞里栖身,那里和成熟石榴的肚里一样,最微弱的光线也会将宝石映如火红的玫瑰,除我之外,谁有幸一睹如此奇观?"

云雀:"是呀,只有你能匍匐于往古的晶莹纪念里。可惜——你不会歌唱!"

蛇:"我还知道有一种植物扎根于地心深处,谁食用此根,就会变得比阿什塔露特还要俊美。"

云雀:"唯有你,唯有你才能揭示大地深奥的思想。可惜——你不会飞翔!"

蛇:"一座大山的底下,有股紫色的水流,谁饮用此水,就会变得同神灵一样长生不朽。我确信,再没有别的鸟兽知道这紫色水流。"

云雀:"如你愿意,你自然会同神灵一样长生不老。可惜——你不会歌唱!"

蛇:"我还知道一座埋在地下的圣殿,每月都去寻访一次;那圣殿由早被遗忘的一个巨人部落所建,墙壁上铭刻着天地古今的种种奥秘,谁读此铭文,就能够博古通今、无所不知。"

云雀:"真的,你若愿意,你蜷曲的身躯里可以包容天地古今的一切知识。可惜——你不会飞翔!"

现在蛇终于厌烦了,它掉头钻进洞穴,一边悻悻说道:"头脑空空的歌伎!"

云雀也唱着歌飞走了:"可惜你不会歌唱! 可惜啊,大学士,可惜你不会飞翔!"

价　值

一个男人在自家地里挖出一尊绝美的大理石雕像,他带着雕像,找到一位酷爱各种艺术品的收藏家,准备出卖。收藏家出了高价买下。事毕后两人分手。

回家的路上,卖主手里攥着大把的钱,心喜得自语:"这笔钱会带来多少荣华富贵呀!怎么还有人不惜如此代价,换取一块地下埋了千年、做梦都无人梦见的顽石?不可思议!"

同时,收藏家却在端详着雕像,心里也在自语:"真是气韵生动,巧夺天工!何等美丽的一个精灵,酣睡了千年之后再度复生!何以有人会以如此珍宝换取毫无趣味的几个臭钱?"

另外的海洋

一条鱼对另一条鱼说:"在我们这片海域上面,还有另一片海洋,那里也有生物嬉游,就跟我们生活在这里一样。"

另一条鱼答道:"这纯粹是幻想!你不知道吗?无论什么只要离开我们的海域一寸之距,在外面待上片刻,就会死去。你凭什么证明别的海洋里也有生物?"

忏 悔

某人趁着月黑之夜潜入邻居的菜园,拣了最大的一个西瓜偷回家中。

打开一看,却是生瓜。

然后奇迹发生了:

他良心发现,悔恨不已,为自己偷了西瓜而忏悔。

在我的孤独之外

在我的孤独之外,另有一种孤独;于其间的居者,我的孤寂竟是嘈杂的闹市,我的静默竟是纷乱的喧声。

我是过于年轻而造次了,依然未寻到这更高的孤独;远处山谷的回声还在耳际鸣响,山谷的倒影拦住了我的去路,我不能前往。

在那些山峦之外,另有一秀美的丛林;于丛林的居者,我的平和竟是一阵急风,我的秀美,只是一种幻觉。

我是过于年轻而恣肆了,依然未寻访这神奇的丛林。我的嘴里还留着血腥,先辈们的弓箭还执在我手中,我无法前往。

在受羁的自我以外,另有自由的自我;与它相比,我的梦想竟是薄暮中的厮杀,我的向往只是骨骼嘎嘎的裂声。

我是过于年轻而多难了,实现不了自由的自我。

我不灭杀了受羁的自我,众生不得到自由,我如何成为自由人呢?

我的根须不在黑冥中枯死,我的叶片怎能在风中高飞歌唱呢?

我的雏鸟不离开我用喙筑起的小巢,我心中的雄鹰怎能向着太阳翱翔呢?

最后的守望

子夜时分,当黎明的第一道气息随风而至,那先驱,就是自称未闻之声回音的人,离开卧室,登上了自家的屋顶。他久久伫立着,看着下面熟睡的城郭,然后抬起头,呼唤着,仿佛城中睡者不眠的精魂,已围聚他的身边。他说:

"朋友们,邻里们,每日自我门前经过的人们:在你们睡时我要向你们宣讲,在你们梦幻的谷地我要赤身无羁地行走;觉醒时你们最不经心,百音灌耳时你们充耳不闻。

"我爱你们,甚久,甚切。

"我爱你们中任何一人,就如他是你们全体;我爱你们全体,就像你们是一人。值我心之春天,我在你们的花园里吟唱;当我心之夏日,我守望你们的谷场。

"哎,我爱你们全体。巨人和侏儒、患病的与享福的、在黑夜跌扑的和在白昼起舞于山冈的,我都挚爱着。

"你,强人,我爱,虽则你铁硬的指甲还在我肉体上留着印记;你,弱者,我爱,虽然你辜负了我的信任,枉费了我的耐心。

"富人,我爱你,纵然你的甜蜜在我口中变得苦涩;负者,我爱你,纵使你以我的囊空如洗为羞辱。

"你,诗人,在断弦的古琴上随心所欲地弹拨,你得到我分外的垂青;你,学者,孜孜搜集义冢地里腐烂的尸衣,也得到我的厚爱。

"你,祭司,置身昨天的静寂里探问我明天的命运,我爱;你们,崇拜神祇的人们,那神祇只是你们自己愿望的化身,我也爱。

"你,饥渴的女子,虽然你的杯总是斟得满满的,我带着理解爱你;你,夜夜不息的女子,我怀着同情爱你。

"你,健谈者,我爱,并且告诉你:'生活中要说的很多。'你,寡言者,我爱,我对自己说:'他在静默中岂不道出了我爱听的话语?'

"你们,法官和批评家,我爱;但你们见我钉在十字架时,却说:'他的滴血富有节奏感,血迹在他白皙的皮肤上构成美丽的图案。'

"哎,我爱你们全体,青年与老汉、颤动的芦苇与挺拔的橡树。

"可是,噫!你们正因我无边的厚爱背弃了我。你们乐于从小杯中吸取爱,却不敢从汹涌的河流中畅饮;你们愿听微弱的爱语,而当爱高唤,你们却将耳朵塞住。

"因为我爱你们全体,你们说:'他的心过于柔嫩,他的道路过于晦暗;他的爱是穷人的爱,那种人捡到饼屑,就快活得如赴国王的盛宴一般;他的爱是懦夫的爱,因为强者爱的只是强者。'

"因为我爱你们深切,你们说:'这不过是盲人之爱,才分不清此美和彼丑;这是缺乏鉴赏力的爱,才把酸醋混同甜酒;这爱是无礼和傲慢的,哪个陌路人,能够做我们的父母兄妹?'

"你们说的不只这些。市场上,你们常嘲讽地指着我说:'这是个老孩童,不知时令的怪人,中午跟孩子们戏耍,傍晚与老头们做伴,还以智慧、悟性自诩。'

"于是我对自己说:'我要更爱他们,哎,爱得更深;只是用憎的外表掩饰这爱,用苛严掩饰我的柔情,我要戴上铁铸的面具,披甲戴盔后寻访他们。'

"而后我用沉重的手掌覆住你们的伤口,如夜间的风暴,我在你们耳边叱呵。

"站在屋顶上,我揭露了你们中的伪君子、势利眼、骗子、像水泡一般华而不实的庸人。

"鼠目寸光之徒,我诅咒他们是盲眼的蝙蝠;汲汲于卑末小利的,我比作缺乏灵魂的鼹鼠。

"健谈者,我讥为巧舌如簧;寡言者,我称为口拙如石;对粗疏鄙陋的人们,我说:死者决不会厌倦死亡。

"追求世间知识的人,我斥责他们亵渎了神灵的精神;独尊精神的人,我贬之为打捞影子的痴人:将网撒向死水,捞起的只是他们自己的倒影。

"如此,我用言辞贬斥你们;我滴血的心,却在轻轻地低唤你们。

"这是被自身鞭笞的爱在言语,这是受损害的高傲在轻尘中震颤,这是对于你们的爱的渴望,伫立在屋顶,对你们咆哮;而我的爱心,却在无声中下跪,祈求你们的宽恕。

"可是奇迹发生了!

"我掩饰起的爱,唤醒了你们的睡眼;我伪装的憎,开启了你们的心窍。

"你们现在爱我了。

"你们爱砍斫你们的刀剑,爱渴望着射入你们胸膛的箭矢;负了伤你们感到欣喜满足,饮了自身的血,你们方觉酣畅。

"像飞蛾为捐躯扑向火光一样,你们日日聚到我的花园,仰着脸,惊奇地看我撕扯你们白昼的织物。你们交头接耳:'他以上帝的灵光注视,他像古先知那样谈吐,他揭示了我们的灵魂,开启了我们的心锁,他熟知我们的道路,宛如兀鹰熟知狐狸的行踪一样。'

"哎,倒不如说,我熟知你们的道路,如同兀鹰熟知雏鹰的习性一样。我愿敞开心的秘密;然而,为了让你们接近,我装作疏远;为预防你们爱潮低落,我谨守着我的爱闸。"

先驱说完这些,双手捂着脸痛哭起来。他心知赤裸的爱虽受了侮辱,也比伪装了去求胜的爱要伟大。他感到羞辱。

但是,他猛然抬起头来,如大梦初醒一般伸开双臂说道:"夜过去了,当黎明从山冈上翩翩而至,我们夜的孩子就该死去。自我们的灰烬中要升腾起更强有力的爱,那是在太阳下朗笑的爱,那是不死的爱。"

先　知

冰心　译

船 的 来 临

当代的曙光,被选而被爱戴的亚墨斯达法①,在阿法利斯城中等候了十二年,等他的船到来,好载他归回他生长的岛上去。

在第十二年绮露②收获之月的第七天,他出城登上山顶,向海凝望;他看见了他的船从烟雾中驶来。

他的心扉霍然地开了,他的喜乐在海面飞越。他合上眼,在灵魂的严静中祷告。

但当他下山的时候,忽然一阵悲哀袭来,他心里想:

我怎能这般宁静地走去而没有些悲哀?不,我要精神上不受创伤地离此城郭。

在这城围里,我度过了悠久的痛苦的日月和孤寂的深夜;谁能撒下这痛苦与孤寂,而没有一些悼惜?

在这街市上,我曾撒下过多的零碎的精神,在这山中,也有许多的赤裸着行走的我所爱惜的孩子,离开他们,我不能不觉得负担与痛心。

这不是今天我脱弃了一件衣裳,乃是我用自己的手撕下

---

① 阿拉伯语,意为被选的,是先知穆罕默德二百多个尊称之一。
② 阿拉伯语,意为九月。

了一块自己的皮肤。

也不是我遗弃了一种思想,乃是遗弃了一颗用饥和渴做成的甜蜜的心。

然而我不能再迟留了。

那召唤万物归来的大海,也在召唤我,我必须登舟了。

因为,若是停留下,我的归思,在夜间虽仍灼热奋发,渐渐地却要冰冷变石了。

我若能把这里的一切都带了去,何等的快乐啊,但是我又怎能呢?

声音不能把付给他翅翼的舌头和嘴唇带走。他自己必须寻求"以太"。

鹰鸟也必须撇下窝巢,独自地飞过太阳。

现在他走到山脚,又转面向海,他看见他的船徐徐地驶入湾口,那些在船头的舟子,正是他的故乡的人。

于是他的精魂向着他们呼唤,说:

弄潮者,我的老母的孩儿,

有多少次你们在我的梦中浮泛。现在你们在我更深的梦中,也就是我苏醒的时候驶来了。

我已预备好要走了,我的热望和帆篷一同扯满,等着风来。

我只要在这静止的空气中,再呼吸一口气,我只要再向后抛掷热爱的一瞥。

那时我要站在你们中间,一个航海者群中的航海者。

还有你,这无边的大海,无眠的慈母,
只有你是江河和溪水的宁静与自由。
这溪流只还有一次的转折,一次林中的潺湲,
然后我要到你这里来,无量的涓滴归向无量的海洋。

当他行走的时候,他看见从远处有许多男女离开田园,急速地赶到城边来。

他听见他们叫着他的名字,在阡陌中彼此呼唤,报告他船的来临。

他对自己说:
别离的日子能成为会集的日子吗?
我的薄暮实在可算是我的黎明吗?
那些放下了耕田的犁耙,停止了榨酒的轮儿的人们,我将给他们什么呢?
我的心能成为一棵累累结实的树,可以采撷了分给他们吗?
我的愿望能奔流如泉水,可以倾满他们的杯吗?
我是一个全能者的手可以弹奏的琴,或是一管全能者可以吹弄的笛吗?
我是一个寂静的寻求者,在寂静中,我发现了什么宝藏,可以放心地布施呢?
倘若这是我收获的日子,那么,何时何地我曾撒下了种子呢?
倘若这确是我举起明灯的时候,那么,灯内燃烧着的火焰,不是我点燃的。

空虚黑暗的我将举起我的灯,
守夜的人将要添上油,也点上火。

这些是他口中说出的,还有许多没有说出的存在心头,因为他说不出自己心中更深的秘密。

他进城的时候,众人都来迎接,齐声地向他呼唤。
城中的长老走上前来说:
你不要再离开我们。
在我们的朦胧里,你是正午的潮音,你青春的气度,予我们以梦想。
你在我们中间不是一个异乡人,也不是一个客人,乃是我们的儿子及亲挚的爱者。
不要使我们的眼睛因渴望你的脸面而酸痛。

一班道人和女冠对他说:
不要让海波在这时把我们分开,把你在我们中间所度的岁月成为一个回忆。
你曾是一个在我们中间行走的神灵,你的影儿曾明光似的照亮我们的脸。
我们深深地爱着你。不过我们的爱没有声响,而又被轻纱蒙着。
但现在他要对你呼唤,要在你面前揭露。除非临到了别离的时候,"爱"永远不会知道自己的深浅。
别的人也来向他恳求。他没有答话。他只低着头,站近他的人看见他的泪落在袜上。

他和众人慢慢地向殿前的广场走去。

有一个名叫爱尔美差的女子从圣殿里出来,她是一个预言者。

他以无限的温蔼注视着她,因为她是在他第一天进这城里的时候,最初寻找他相信他的人中之一。

她庆贺他,说:

上帝的先知,至高的探求者,你曾常向远处寻望你的航帆。

现在你的船儿来了,你必须归去。

你对于那回忆的故乡,和你更大愿望的居所的渴念,是这样的深切;我们的爱,不能把你系住,我们的需求,也不能把你束缚。

但在你别离以前,我们要请你对我们讲说真理。

我们要把这真理传给我们的孩子,他们也传给他们的孩子,绵绵不绝。

在你的孤独里,你曾守卫我们的白日;在你的清醒里,你曾倾听我们睡梦中的哭泣与欢笑。

现在请把我们的"真我"披露给我们,告诉我们你所知道的关于生和死中间的一切。

他回答说:

阿法利斯的民众啊,除了那现时在你们灵魂里鼓荡的之外,我还能说什么呢?

论 爱

于是爱尔美差说:请给我们谈爱。

他举头望着民众,他们一时静默了。他用洪亮的声音说:

当爱向你们召唤的时候,跟随着他,

虽然他的路程艰险而陡峻。

当他的翅翼围卷你们的时候,屈服于他,

虽然那藏在羽翮中间的剑刃也许会伤毁你们。

当他对你们说话的时候,信从他,

虽然他的声音会把你们的梦魂击碎,如同北风吹荒了林园。

爱虽给你加冠,他也要把你钉在十字架上。他虽栽培你,他也刈剪你。

他虽升到你的最高处,抚惜你在日中颤动的枝叶。

他也要降到你的根下,摇动你的根柢的一切关节,使之归土。

如同一捆稻粟,他把你束聚起来。

他舂打你使你赤裸。

他筛分你使你脱壳。

他磨碾你直至洁白。

他揉搓你直至柔韧。

然后他送你到他的圣火上去,使你成为上帝圣筵上的圣饼。

这些都是爱要给你们做的事情,使你知道自己心中的秘密,在这知识中你便成了"生命"心中的一屑。

假如你在你的疑惧中,只寻求爱的和平与逸乐,

那不如掩盖你的裸露,而躲过爱的筛打,

而走入那没有季候的世界,在那里你将欢笑,却不是尽情的喜悦,你将哭泣,却没有流干眼泪。

爱除自身外无施与,除自身外无接受。

爱不占有,也不被占有。

因为爱在爱中满足了。

当你爱的时候,你不要说"上帝在我的心中",却要说"我在上帝的心里"。

不要想你能导引爱的路程,因为若是他觉得你配,他就导引你。

爱没有别的愿望,只要成全自己。

但若是你爱,而且需求愿望,就让以下的做你的愿望吧:

溶化了你自己,像溪流般对清夜吟唱着歌曲。

要知道过度温存的痛苦。

让你对于爱的了解毁伤了你自己;

而且甘愿地喜乐地流血。

清晨醒起,以喜洋的心来致谢这爱的又一日;

日中静息,默念爱的浓欢;

晚潮退时,感谢地回家;

然后在睡时祈祷,因为有被爱者在你的心中,有赞美之歌在你的唇上。

论 婚 姻

爱尔美差又说:夫子,婚姻怎样讲呢?
他回答说:
你们一块儿出世,也要永远合一。
在死的白翼隔绝你们的岁月的时候,你们也要合一。
噫,连在静默地忆想上帝之时,你们也要合一。
不过在你们合一之中,要有间隙。
让天风在你们中间舞荡。
彼此相爱,却不要做成爱的系链:
只让他在你们灵魂的沙岸中间,做一个流动的海。
彼此斟满了杯,却不要在同一杯中啜饮。
彼此递赠着面包,却不要在同一块上取食。
快乐地在一处舞唱,却仍让彼此静独,
连琴上的那些弦也是单独的,虽然它们在同一的音调中颤动。

彼此赠献你们的心,却不要互相保留。
因为只有"生命"的手,才能把持你们的心。
要站在一处,却不要太密迩;
因为殿里的柱子,也是分立在两旁,
橡树和松柏,也不在彼此的荫中生长。

论 孩 子

于是一个怀中抱着孩子的妇人说:请给我们谈孩子。
他说:
你们的孩子,都不是你们的孩子,
乃是"生命"为自己所渴望的儿女。
他们是借你们而来,却不是从你们而来,
他们虽和你们同在,却不属于你们。

你们可以给他们以爱,却不可给他们以思想,
因为他们有自己的思想。
你们可以荫庇他们的身体,却不能荫庇他们的灵魂,
因为他们的灵魂,是住在"明日"的宅中,那是你们在梦中也不能想见的。
你们可以努力去模仿他们,却不能使他们来像你们,
因为生命是不倒行的,也不与"昨日"一同停留。
你们是弓,你们的孩子是从弦上发出的生命的箭矢。
那射者在无穷之中看定了目标,也用神力将你们引满,使他的箭矢迅疾而遥远地射了出去。
让你们在射者手中的"弯曲"成为喜乐吧;
因为他爱那飞出的箭,也爱了那静止的弓。

论 施 与

于是一个富人说：请给我们谈施与。

他回答说：

你把你的产业给人，那只算给了一点。

当你以身布施的时候，那才是真正的施与。

因为你的财产，岂不是你存留保守着的东西，恐怕"明日"或许需要它们吗？

但是"明日"，那过虑的犬，跟着香客上圣城去，却把骨头埋在无痕迹的沙土里，"明日"能把什么给它呢？

除了需要的本身以外，需要还忧惧什么呢？

当你在井泉充溢的时候愁渴，那你的渴不是更难解吗？

有人有许多财产，却只把一小部分给人——他们为求名而施与，那潜藏的欲念，使他们的礼物不完美。

有人只有一点财产，却全部都给人。

这些相信生命和生命的丰富的人，他们的宝柜总不空虚。

有人喜乐地施与，那喜乐就是他们的酬报。

有人无痛地施与，那无痛就是他们的洗礼。

也有人施与了，而不觉出施与的无痛，也不寻求快乐，也不有心为善；

他们的施与，如同那边山谷里的桂花，香气浮动在空际。

从这些人的手中，上帝在说话，在他们的眼后，上帝在俯对着大地微笑。

因着请求而施与的，固然是好，而未受请求，只因着默喻与施与的，是更好了；

对于乐善好施的人，去寻求需要他帮助的人的快乐，比施与还大。

有什么东西是你必须保留的呢？

必有一天，你的一切都要交付出来；

趁现在施与吧，这施与的时机是你自己的，而不是你的后人的。

你常说："我要施与，却只要舍给那些配受施与者。"

你果园里的树木和牧场上的羊群，却不这样说。

他们为要生存而施与，因为保留就是毁灭。

凡是配接受白日和黑夜的人们，都配接受你施与的一切。

凡配在生命的海洋里啜饮的，都配在你的小泉里舀满他的杯。

还有什么德行比接受的勇气、信心和善意还大呢？

有谁能使人把他们的心怀敞露，把他们的狷傲揭开，使你能看出他们赤裸的价值和无惭的骄傲？

先省察你自己是否配做一个施与者，是否配做一个施与的器皿。

因为实在说，那只是生命给与生命——你以为自己是施主，其实也不过是一个证人。

你接受的人们——你们都是接受者,——不要负起报恩的重担,恐怕你要把轭加在你自己和施者的身上。

不如与施者在礼物上一同展翅飞腾;

因为过于思量你们的欠负,就是怀疑了那以慈悲的大地为母,以上帝为父的人的仁心。

论 饮 食

一个开饭店的老人说:请给我们谈饮食。

他说:

我恨不得你们能借着大地的香气而生存,如同那"空气植物"受着阳光的供养。

既然你们必须杀生为食,且从新生的动物口中,夺他的母乳来止渴,那就让它成为一个敬神的礼节吧。

让你的肴馔摆在祭坛上,那是丛林中和原野上的纯洁清白的物品,为更纯洁清白的人们而牺牲的。

当你杀生的时候,心里对他说:

"在宰杀你的权力之下,我同样地也被宰杀,我也要同样地被吞食。

"那把你送到我手里的法律,也要把我送到那更伟大者的手里。

"你和我的血都不过是浇灌天树的一种液汁。"

当你咬嚼着苹果的时候,心里对他说:

"你的子核要在我身中生长,

"你来世的嫩芽要在我心中萌茁,

"你的芳香要成为我的气息,

"我们要终年的喜乐。"
在秋天,你在果园里摘葡萄榨酒的时候,心里说:
"我也是一座葡萄园,我的果实也要摘下榨酒,
"和新酒一般,我也要被收存在永生的杯里。"
在冬日,当你斟酒的时候,你的心要对每一杯酒歌唱;
让那歌曲成为一首纪念秋天和葡萄园以及榨酒之歌。

论 工 作

于是一个农夫说:请给我们谈工作。

他回答说:

你工作为的是要与大地和大地的精神一同前进。

因为惰逸使你成为一个时代的生客,一个生命大队中的落伍者,这大队是庄严的,高傲而服从的,向着无穷前进。

在你工作的时候,你是一管笛,从你心中吹出时光的微语,变成音乐。

你们谁肯做一根芦管,在万物合唱的时候,你独痴呆无声呢?

你们常听人说,工作是祸殃,劳力是不幸。

我却对你们说,你们工作的时候,你们完成了大地的深远的梦之一部,他指示你那梦是何时开头,

而在你劳作不息的时候,你确爱了生命,

从工作里爱了生命,就是通彻了生命最深的秘密。

倘若在你的辛苦里,将有身之苦恼和养身之诅咒,写上你的眉间,则我将回答你,只有你眉间的汗,能洗去这些字句。

你们也听见人说,生命是黑暗的,在你疲瘁之中,你附和了那疲瘁的人所说的话。

我说生命的确是黑暗的,除非是有了激励;

一切的激励都是盲目的,除非是有了知识;

一切的知识都是徒然的,除非是有了工作;

一切的工作都是虚空的,除非是有了爱;

当你仁爱地工作的时候,你便与自己、与人类、与上帝联系为一。

怎样才是仁爱地工作呢?

从你的心中抽丝,织成布帛,仿佛你的爱者要来穿此衣裳。

热情地盖造房屋,仿佛你的爱者要住在其中。

温存地播种,喜乐地刈获,仿佛你的爱者要来吃这产物。

这就是用你自己灵魂的气息,来充满你所制造的一切。

要知道一切受福的古人,是在你上头看视着。

我常听见你们仿佛在梦中说:"那在蜡石上表现出他自己灵魂的形象的人,是比耕地的人高贵多了。

"那捉住虹霓,传神地画在布帛上的人,是比织履的人强多了。"

我却要说,不在梦中,而在正午极清醒的时候,风对大橡树说话的声音,并不比对纤小的草叶所说的更甜柔;

只有那用他的爱心,把风声变成甜柔的歌曲的人,是伟大的。

工作是眼能看见的爱。

倘若你不是欢乐地却厌恶地工作,那还不如撇下工作,坐在大殿的门边,去乞那些欢乐地工作的人的周济。

倘若你无精打采地烤面包,你烤成的面包是苦的,只能救半个人的饥饿。

你若是怨恨地压榨着葡萄酒,你的怨恨,在酒里滴下了毒液。

倘若你像天使一般地唱,却不爱唱,你就把人们能听到白日和黑夜的声音的耳朵都塞住了。

论 哀 乐

于是,一个妇人说:请给我们讲欢乐与悲哀。

他回答说:

你的欢乐,就是你的去了面具的悲哀。

连你那涌溢欢乐的井泉,也常是充满了你的眼泪。

不然又怎样呢?

悲哀的创痕在你身上刻得越深,你越能容受更多的欢乐。

你的盛酒的杯,不就是那曾在陶工的窑中煅烧的坯子吗?

那感悦你的心神的笛子,不就是曾受尖刀挖刻的木管吗?

当你欢乐的时候,深深地内顾你的心中,你就知道只不过是那曾使你悲哀的,又在使你欢乐。

当你悲哀的时候,再内顾你的心中,你就看出实在是那曾使你喜悦的,又在使你哭泣。

你们有些人说,欢乐大于悲哀。也有人说,不,悲哀是更大的。

我却要对你们说,他们是不能分开的。

他们一同来到,当这个和你同席的时候,要记住那个正在你床上酣眠。

真的,你是天平般悬在悲哀与欢乐之间。

只有在盘中空洞的时候,你才能静止,持平。

当守库者把你提起来,称他的金银的时候,你的哀与乐就必须升降了。

论 居 室

于是一个泥水匠走上前来说:请给我们谈居室。

他回答说:

当你在城里盖一所房子之前,先在野外用你的想象盖一座凉亭。

因为你在黄昏时有家可归,而你那更迷茫更孤寂的漂泊的精魂,也有个归宿。

你的房屋是你的较大的躯壳。

他在阳光中发育,在夜的寂静中睡眠;而且不能无梦。你的房屋不做梦吗? 不梦见离开城市,登山入林吗?

我愿能把你们的房子聚握在手里,撒种似的把他们洒落在丛林中与绿野上。

愿山谷成为你们的街市,绿径成为你们的里巷,使你们在葡萄园中相寻相访的时候,衣袂上带着大地的芬芳。

但这个还一时做不到。

在你们祖宗的忧惧里,他们把你们聚集得太近了。

这忧惧还要稍为延长,你们的城墙,也仍要把你们的家庭和你们的田地分开。

告诉我吧,阿法利斯的民众啊,你们的房子里有什么?你们锁门是为守护什么呢?

你们有"和平",不就是那呈露你魄力的宁静和鼓励吗?

你们有"回忆",不就是那连跨你心峰的灿烂的弓桥吗?

你们有"美",不就是那把你的心从木石建筑上引到圣山的吗?

告诉我,你们的房屋里有这些东西吗?

或者你只有"舒适"和"舒适的欲念",那诡秘的东西,以客人的身份混了进来渐做家人,终做主翁的吗?

噫,他变成一个驯兽的人,用钩镰和鞭笞,使你较伟大的愿望变成傀儡。

他的手虽柔软如丝,他的心却是铁打的。

他催眠你,只须站在你的床侧,讥笑你肉体的尊严。

他戏弄你健全的感官,把它们塞放在蓟绒里,如同脆薄的杯盘。

真的,舒适之欲,杀害了你灵性的热情,又哂笑地在你的殡仪队中徐步。

但是你们这些"太空"的儿女,你们在静中不息,你们不应当被网罗,被驯养。

你们的房子不应当做个锚,却应当做个桅。它不应当做一片遮掩伤痕的闪亮的薄皮,应当做那保护眼睛的睫毛。

你不应当为穿门走户而敛翅,也不应当为恐触屋顶而低头,也不应当为怕墙壁崩裂而停止呼吸。

你不应当住在那死人替活人筑造的坟墓里。

无论你的房屋是如何地壮丽与辉煌,也不应当使他隐住你的秘密,遮住你的愿望。

  因为你里面的"无穷性",是住在天宫里,那天宫是以晓烟为门户,以夜的静寂与歌曲为窗牖的。

论 衣 服

于是一个织工说:请给我们谈衣服。

他回答说:

你们的衣服掩盖了许多的美,却遮不住丑恶。

你们虽可在衣服里寻得隐秘的自由,却也寻得橛饰与羁勒了。

我恨不得你们多用皮肤而少用衣服去逢迎太阳和风。

因为生命的气息是在阳光中,生命的把握是在风里。

你们中有人说:那纺织衣服给我们穿的是北风。

我也说:对的,是北风。

但他的机杼是可羞的,那使筋肌软弱的是他的线缕。

当他的工作完毕时,他在林中喧笑。

不要忘却,"羞怯"只是遮挡"不洁"的眼目的盾牌。

在"不洁"完全没有了的时候,"羞怯"不是仅仅是心上的桎梏与束缚吗?

也别忘了大地是欢喜和你的赤脚接触,风是希望和你的头发相戏的。

论 买 卖

于是一个商人说：请给我们谈买卖。

他回答说：

大地贡献果实给你们，如果你们只晓得怎样独取，你们就不应当领受了。

在交易着大地的礼物时，你们将感到丰裕而满足。

然而若非用爱和公平来交易，则必有人流为饕餮，有人流为饿殍。

当在市场上，你们这些海上、田中和葡萄园里的工人，遇见了织工、陶工和采集香料的——

就应当祈求大地的主神，临到你们中间，来圣化天平，以及那较量价值的核算。

不要容游手好闲的人来参加你们的买卖，他们会以言语来换取你们的劳力。

你们要对这种人说：

"同我们到田间，或者跟我们的兄弟到海上去撒网；

"因为海与陆地，对你们也和对我们一样地恩惠。"

倘若那吹箫的和歌舞的人来了，你们也应当买他们的礼物。

因为他们也是果实和乳香的采集者,他们带来的物事,虽系梦幻,却是你们灵魂上的衣食。

在你们离开市场以前,要看着没有人空手回去。

因为大地的主神,不到你们每人的需要全都满足了以后,他不能在风中宁静地睡眠。

论 罪 与 罚

于是本城的法官中,有一个走上前来说:请给我们谈罪与罚。

他回答说:

当你的灵性随风飘荡的时候,

你孤零而失慎地对别人也就是对自己犯了过错。

为着所犯的过错,你必须去叩那受福者之门,就被怠慢地等候片刻。

你们的"神性"像海洋;

他永远是纯洁不染;

又像"以太",他只帮助有翼者上升。

你们的"神性"也像太阳;

他不知道田鼠的径路,也不寻觅蛇虺的洞穴。

但是你们的"神性",不是独居在你们里面。

在你们里面,有些仍是"人性",有些还不成"人性",

他只是一个未成形的侏儒,睡梦中在烟雾里蹒跚,自求觉醒。

我现在所要说的,就是你们的人性。

因为那知道罪与罪的刑罚的,是他,而不是你的"神性",

也不是烟雾中的侏儒。

我常听见你们议论到一个犯了过失的人,仿佛他不是你们的同人,只像是个外人,是个你们的世界中的闯入者。

我却要说连那圣洁和正直的,也不能高过于你们每人心中的至善,

所以那奸邪和懦弱的,也不能低过于你们心中的极恶。

如同一片树叶,除非得了全树的默许,方能独自变黄,

所以那作恶者,若没有你们大家无形中的怂恿,也不会作恶。

如同一个队伍,你们一同向着你们的"神性"前进。

你们是道,也是行道的人。

当你们中有人跌倒的时候,他是为了他后面的人而跌倒,是一块绊脚石的警告。

是的,他也为他前面的人而跌倒,因为他们的步履虽然又快又稳,却没有把那绊脚石挪开。

还有这个,虽然这些话会重压你的心:

被杀者对于自己的被杀,不能不负咎,

被劫者对于自己的被劫,不能不受责。

正直的人,对于恶人的行为,也不能算无辜,

清白的人,对于罪人的过犯,也不能算不染。

是的,罪犯往往是被害者的牺牲品,

刑徒更往往为那些无罪无过的人担负罪责,

你们不能把至公与不公、至善与不善分开;

因为他们一齐站在太阳面前,如同织在一起的黑线和

白线，

黑线断了的时候，织工就要视察整块的布，也要察看那机杼。

你们中如有人要审判一个不忠诚的妻子，

让他也拿天平来称一称她丈夫的心，拿尺来量一量他的灵魂。

让鞭挞"扰人者"的人，先察一察那"被扰者"的灵性。

你们如有人要以正义之名，砍伐一棵恶树，让他先察看树根；

他一定能看出那好的与坏的，能结实与不能结实的树根，都在大地的沉默的心中，纠结在一处。

你们这些愿持公正的法官，

你们怎样裁判那忠诚其外而盗窃其中的人？

你们又将怎样刑罚一个肉体受戮，而在他自己是心灵遭灭的人？

你们又将怎样控告那在行为上是刁滑、暴戾，

而在事实上也是被威逼、被虐待的人呢？

你们又将怎样责罚那悔心已经大于过失的人？

忏悔不就是那你们所喜欢奉行的法定的公道吗？

然而你们却不能将忏悔放在无辜者的身上，也不能将他从罪人心中取出。

不期然地他要在夜中呼唤，使人们醒起，反躬自省。

你们这些愿意了解公道的人，若不在大光明中视察一切的行为，你们怎能了解呢？

只在那时，你们才知道那直立与跌倒的，只是一个站在"侏儒性的黑夜"与"神性的白日"的黄昏中的人，

也要知道那大殿的角石，并不高于那最低的基石。

论 法 律

于是一个律师说:但是,我们的法律怎样呢,夫子?
他回答说:
你们喜欢立法,
却也更喜欢犯法。
如同那在海滨游戏的孩子,勤恳地建造了沙塔,然后又嬉笑地将它毁坏。
但是当你们建造沙塔的时候,海洋又送许多的沙土上来,
到你们毁坏那沙塔的时候,海洋又与你们一同哄笑。
真的,海洋常和天真的人一同哄笑。
可是对于那班不以生命为海洋,不以人造的法律为沙塔的人,又当如何?
对于那以生命为岩石,以法律为可随意刻石的凿子的人,又当如何?
对于那憎恶舞者的跛人,又当如何?
对于那喜爱羁轭,却以林中的麋鹿为流离颠沛的小牛的人,又当如何?
对于自己不能蜕脱,却把一切蛇豸称为赤裸无耻的老蛇的人,又当如何?
对于那早赴婚筵,饱倦归来,却说"一切筵席都是违法,

那些设筵的人都是犯法者"的人,又当如何?

对于这些人,除了说他们是站在日中以背向阳之外,我能说什么呢?

他们只看见自己的影子,他们的影子,就是他们的法律。

太阳对于他们,不只是一个射影者吗?

承认法律,不就是佝偻着在地上寻迹阴影吗?

你们只向着阳光行走的人,哪种地上的映影,能捉住你们呢?

你们这乘风遨游的人,哪种的风信旗能指示你们的路程呢?

如果你们不在任何人的囚室门前,敲碎你们的镣铐,哪种人造的法律能束缚你们呢?

如果你们跳舞,却不撞击任何人的铁链,你们还怕什么法律呢?

如果你们撕脱你们的衣裳,却不丢弃在任何人的道上,有谁能把你们带去受审呢?

阿法利斯的民众啊,你们纵能闷住鼓音,松了琴弦,但有谁能禁止云雀不高唱?

论 自 由

于是一个辩士说:请给我们谈自由。

他回答说:

在城门边,在炉火光前,我曾看见你们俯伏敬拜自己的自由,

甚至于像那些囚奴,在诛戮他们的暴君之前卑屈、颂赞。

噫,在庙宇的林中,在城堡的影里,我曾看见你们中之最自由者,把自由像枷铐似的戴上。

我心里忧伤;因为只有那求自由的愿望也成了羁饰,你们再不以自由为标杆为成就的时候,你们才是自由了。

当你们的白日不是没有牵挂,你们的黑夜也不是没有愿望与忧愁的时候,你们才是自由的。

不如说是当那些事物包围住你的生命,而你却能赤裸地无牵挂地超腾的时候,你们才是自由了。

但若不是在你们了解的晓光中,扭断了捆绑你们朝气的锁链,你们怎能超脱你们的白日和黑夜呢?

实话说,你们所谓的自由,就是最坚牢的锁链,虽然那链环闪烁在日光中,炫耀了你们的眼目。

"自由"岂不是你们自身的碎片,你们愿意将他抛弃换得

自由吗？

假如那是你们所要废除的一条不公平的法律，那法律却是你们用自己的手写在自己的额上的。

你们虽烧毁你们的律书，倾倒全海的水来冲洗你们法官的额，也不能把它抹掉。

假如那是个你们所要废黜的暴君，先看他的建立在你心中的宝座是否毁坏。

因为一个暴君怎能辖制自由和自尊的人呢？除非他们自己的自由是专制的，他们的自尊是可羞的。

假如那是一种你们所要抛掷的牵挂，那牵挂是你自取的，不是别人勉强给你的。

假如那是一种你们所要除灭的恐怖，那恐怖的座位是在你的心中，而不在你所恐怖的人的手里。

真的，一切在你里面运行的物事，愿望与恐怖，憎恶与爱怜，追求与退避，都是永恒地互抱着。

这些事物在你里面运行，如同光明与阴影成对地胶粘着。

当阴影消灭的时候，遗留的光明又变成另一个光明的阴影。

这样，当你的自由脱去他的镣铐的时候，他本身又变成更大的自由的镣铐了。

论理性与热情

于是那女冠又说：请给我们讲理性与热情。

他回答说：

你的心灵常常是个战场，在战场上，你的"理性与判断"和你的"热情与嗜欲"开战。

我恨不能在你的心灵中做一个调停者，使我可以让你们心中分子从竞争与衅隙变成合一与和鸣。

但除了你们自己也爱做个调停者，做个你们心中的各分子的爱者之外，我又能做什么呢？

你们的理性与热情，是你航行的灵魂的舵和帆。

假如你的帆或舵破坏了，你们只能泛荡，漂流，或在海中停住。

因为理性独自统治，是一个禁锢的权力，热情不小心的时候，是一团自焚的火焰。

因此，让你们的心灵将理性升到热情之最高点，让它歌唱；

也让它用理性来引导你们的热情，让它每日在复活中生存，如同大鸾在它自己的灰烬上高翔。

我愿你们把判断和嗜欲，当作你们家中的两位做客。

你们自然不能敬礼一客过于他客;因为过分关心于任一客,必要失去两客的友爱与忠诚。

在万山中,当你坐在白杨的凉荫下,享受那远田和原野的宁静与和平——应当让你的心在沉静中说,上帝安息在理性中。

在飓暴卷来的时候,狂风震撼林木,雷电宣告苍穹的威严,——应当让你的心在敬畏中说,上帝运行在热情里。

只因你们是上帝大气中之一息,是上帝丛林之一叶,你们也要和他一同安息在理性中,运行在热情中。

论 苦 痛

于是一个妇人说:请给我们谈苦痛。

他说:

你的苦痛是你那包裹知识的皮壳的破裂。

连那果核也是必须破裂的,使果仁可以暴露在阳光中,所以你们也必须晓得苦痛。

倘若你能使你的心时常赞叹日常生活的神妙,你苦痛的神妙必不减于你的破裂;

你要承受你心天的季候,如同你常常承受从田野上度过的四时。

你要静守,度过你心里凄凉的冬日。

许多的苦痛是你自择的。

那是你身中的医生,医治你病身的苦药。

所以你要信托这医生,静默安宁地吃他的药,

因为他的手腕虽重而辣,却是有冥冥的温柔之手指导着。

他带来的药杯,虽会焚灼你的嘴唇,那陶土却是陶工用他自己神圣的眼泪来润湿调和而成的。

论 自 知

于是一个男人说：请给我们讲自知。
他回答说：
在宁静中，你的心知道了白日和黑夜的奥秘。
但你的耳朵渴求听取你心的知识的声音。
你常在意念中所了解的，你愿能从语言中知道。
你愿能用手指去抚触你的赤裸的梦魂。

你要这样做是好的。
你心灵隐秘的涌泉，必须升溢，吟唱着奔向大海；
你无穷深处的宝藏，必须在你目前呈现。
但不要用秤来衡量你未知的珍宝，
也不要用杖竿和响带去探测你知识的浅深。
因为自我乃是一个无边的海。

不要说"我找到了真理"，只要说"我找到了一条真理"。
不要说"我找到了灵魂的道路"，只要说"我遇见了灵魂在我的道路上行走"。
因为灵魂在一切的道路上行走。
灵魂不只在一条道路上行走，也不是芦草似的生长。
灵魂如同一朵千瓣的莲花，自己开放着。

论 教 授

于是一位教师说:请给我们讲教授。

他说:

除了那已经半睡着,躺卧在你知识的晓光里的东西之外,没有人能向你启示什么。

那在殿宇的阴影里,在弟子群中散步的教师,他不是传授他的智慧,乃是传授他的忠信与仁慈。

假如他真是大智,他就不会命令你进入他的智慧之堂,却要引你到你自己心灵的门口。

天文学家能给你讲述他对于太空的了解,他却不能把他的了解给你。

音乐家能给你唱出那充满太空的韵调,他却不能给你那聆听韵调的耳朵和应和韵调的声音。

精通数学的人,能说度量衡的方位,他却不能引导你到那方位上去。

因为一个人不能把他理想的翅翼借给别人。

正如上帝对于你们每人的了解是不相同的,所以你们对于上帝和大地的见解也应当是不相同的。

论 友 谊

于是一个青年说:请给我们谈友谊。
他回答说:
你的朋友是你的有回应的需求。
他是你用爱播种,用感谢收获的田地。
他是你的饮食,也是你的火炉。
因为你饥渴地奔向他,你向他寻求平安。

当你的朋友向你倾吐胸臆的时候,你不要怕说出心中的"否",也不要瞒住你心中的"可"。
当他静默的时候,你的心仍要倾听他的心;
因为在友谊里,不用言语,一切的思想,一切的愿望,一切的希冀,都在无声的喜乐中发生而共享了。
当你与朋友别离的时候,不要忧伤;
因为你觉得他最可爱之点,当他不在时愈见清晰,正如登山者在平原上望山峰,也加倍地分明。
愿除了寻求心灵的加深之外,友谊没有别的目的。
因为那只寻求着要显露自身的神秘的爱,不算是爱,只算是一张撒下的网,只网住一些无益的东西。

让你将最佳美的事物,都给你的朋友。

假如他必须知道你潮水的下退,也让他知道你潮水的高涨。

你找的只为消磨光阴的人,还能算作你的朋友吗?

你要在生长的时间中去找他。

因为他的时间是满足你的需要,不是填满你的空虚。

在友谊的温柔中,要有欢笑和共同的喜悦。

因为在那微末事物的甘露中,你的心能寻到他的清晓而焕发了精神。

论 谈 话

于是一个学者说：请你讲谈话。

他回答说：

在你不安于你的思想的时候，你就说话；

在你不能再在你心的孤寂中生活的时候，你就要在你唇上生活，而声音是一种消遣，一种娱乐。

在你许多的谈话里，思想半受残害。

思想是天空中的鸟，在语言的笼里，也许会展翼，却不会飞翔。

你们中间有许多人，因为怕静，就去找多言的人。

在独居的寂静里，会在他们眼中呈现出他们赤裸的自己，他们就想逃避。

也有些说话的人，并没有知识和考虑，却要启示一种他们自己所不明白的真理。

也有些人的心里隐存着真理，他们却不用言语诉说。

在这些人的胸怀中，心灵是居住在有韵调的寂静里。

当你在道旁或市场遇见你朋友的时候，让你心中的灵，运用你的嘴唇，指引你的舌头。

让你声音里的声音，对他耳朵的耳朵说话；

因为他的灵魂要噙住你心中的真理。

如同酒光被忘却,酒杯也不存留,而酒味却要永远被怀念。

论时光

于是一个天文学家说:夫子,时光怎样讲呢?

他回答说:

你要测量那不可量、不能量的时间。

你要按照时序、季候来调节你的举止,引导你的精神。

你要把时光当作一条溪水,你要坐在岸旁,看它流逝。

但那在你里面的时间性的"我",却觉悟到生命的无穷。

也知道昨日只是今日的回忆,而明日只是今日的梦想。

那在你里面歌唱着,默想着的,仍住在那第一刻在太空散布群星的圈子里。

你们中间谁不觉得他的爱的能力是无穷的呢?

又有谁不觉得那爱,虽是无穷,却是在他本身的中心绕行,不是从这爱的思念移到那爱的思念,也不从这爱的行为移到那爱的行为?

而且时光不也像爱,是不可分拆,没有罅隙的吗?

但若在你的意想里,你定要把时光分成季候,那就让每一季候围绕着其他的季候。

也让今日用回忆拥抱着过去,用希望拥抱着将来。

221

论 善 恶

于是一位城中的长老说:请给我们谈善恶。

他回答说:

我能谈你们的善性,却不能谈恶性。

因为,什么是恶,不只是"善"被他自身的饥渴所困苦吗?

的确,在"善"饥饿的时候,他肯向黑洞中觅食;渴的时候,他也肯喝死水。

当你与自己合一的时候便是善。

当你不与自己合一的时候,却也不是恶。

因为一个隔断的院宇,不是贼窝;只不过是个隔断的院宇。

一只船失了舵,许会在礁岛间无目的地漂荡,而却不至于沉入海底。

当你努力地要牺牲自己的时候便是善。

当你想法自利的时候,却也不是恶。

因为当你设法自利的时候,你不过是土里的树根,在大地的胸怀中啜吸。

果实自然不能对树根说:你要像我,丰满成熟,永远贡献出你最丰满的一部分。

因为,在果实,贡献是必须的,正如吸收是树根所必须的一样。

当你在言谈中完全清醒的时候,你是善的。
当你在睡梦中,舌头无意识地摆动的时候,却也不是恶。
连那错误的言语,也有时能激动柔弱的舌头。
当你坚勇地走向目标的时候,你是善的。
你颠顿而行,却也不是恶。
连那些跛者,也不倒行。
但你们这些勇健而迅速的人,要警醒,不要在跛者面前颠顿,自以为是仁慈。

在无数的事上,你是善的,在你不善的时候,你也不是恶。
你只是流连,迷茫。
可怜那麋鹿不能教给龟鳖快走。

在你冀求你的"大我"的时候,便隐存着你的善性:这种冀求是你们每人心中都有的。
但是对于有的人,这种冀求是奔跃归海的急湍,挟带着山野的神秘与林木的讴歌。
在其他的人,是在转弯曲折中迷途的缓流的溪水,在归海的路上滞留。
但是不要让那些冀求深的人,对冀求浅的人说:"你为何这般迟钝?"
因为那真善的人,不问赤裸的人说:"你的衣服在哪里?"也不问那无家的人:"你的房子怎样了?"

论 祈 祷

于是一个女冠说：请给我们谈祈祷。

他回答说：

你们总在悲痛或需要的时候祈祷，我愿你们也在完满的欢乐中、在丰富的日子里祈祷。

因为祈祷不就是你们的自我在活的"以太"中开展吗？

假若向太空倾吐出你们心中的黑夜是个安慰，那么倾吐出你心中的晓光也是个喜乐。

假若在你的灵魂命令你祈祷的时候，你只能哭泣，她也要从你的哭泣中反复地鼓励你，直到你笑悦为止。

在你祈祷的时候，你超凡高举，在空中你遇到了那些和你在同一时辰祈祷的人，除了那些祈祷时辰之外，你不会遇到他们。

那么，让你那冥冥的殿宇的朝拜，只算个欢乐和甜柔的聚会吧。

因为假如你进入殿宇，除了请求之外，没有别的目的，你将不能接受。

假如你进入殿宇，只为要卑屈自己，你也并不被提高。

甚至于你进入殿宇，只为他人求福，你也不被嘉纳。

只要你进到了那冥冥的殿宇,那就够了。

我不能教给你们怎样用言语祈祷。

除了他借着你的嘴唇说出的他自己的言语之外,上帝不会垂听你的言语。

而且我也不能传授给你那大海、丛林和群山的祈祷。

但是你们生长在群山、丛林和大海之中的人,能在你们心中默会它们的祈祷。

假如你在夜的肃默中倾听,你会听见他们在严静中说:

"我们自己的'高我'的上帝,你的意志就是我们的意志。

"你的愿望就是我们的愿望。

"你的神力转移了你赐给我们的黑夜,成为白日。

"我们不能向你求什么,因为在我们起念之前,你已知道了我们的需要:

"你是我们的需要。在你把自己赐予我们的时候,你把一切都赐给我们了。"

论 逸 乐

于是有个每年进城一次的隐士,走上前来说:给我们谈逸乐。

他回答说:

逸乐是一阕自由的歌,

却不是自由。

是你的愿望所开的花朵,

却不是所结的果实。

是从深处到高处的招呼,

却不是深,也不是高。

是闭在笼中的翅翼,

却不是被围绕住的太空。

噫,实话说,逸乐只是一阕自由的歌。

我愿你们全心全意地歌唱,我却不愿你们在歌唱中迷恋。

你们中间有些年轻的人,寻求逸乐,似乎这便是世上的一切,他们已被裁判、被谴责了。

我不要裁判、谴责他们,我要他们去寻求。

因为他们必会寻到逸乐,但不止找到她一人;

她有七个姊妹,最小的比逸乐还娇媚。

你们没听见过有人因要挖掘树根却发现了宝藏吗?

你们中间有些老人,想起逸乐时总带些懊悔,如同想起醉中所犯的过失。
然而懊悔只是心灵的蒙蔽,而不是心灵的惩罚。
他们想起逸乐时应当带着感谢,如同秋收对于夏季的感谢。
但是假如懊悔能予他们以安慰,就让他们得安慰吧。

你们中间有的不是寻求的青年人,也不是追忆的老年人。
在他们畏惧寻求与追忆之中,他们远离了一切的逸乐,他们深恐疏远了或触犯了心灵。
然而他们的放弃,就是逸乐了。
这样,他们虽用震颤的手挖掘树根,他们也找到了宝藏。
告诉我,谁能触犯心灵呢?
夜莺能触犯夜的静默吗,萤火能触犯星辰吗?
你们的火焰和烟气能使风觉得负载吗?
你们想心灵是一池止水,你能用竿子去搅拨它吗?

常常在你拒绝逸乐的时候,你只是把欲望收藏在你心身的隐处。
谁知道在今日似乎避免了的事情,等到明日不会再浮现呢?
连你的身体都知道它的遗传与正当的需要,而不肯被欺骗。
你的身体是你灵魂的琴,

无论它发出甜柔的音乐或嘈杂的声响,那都是你的。

现在你们在心中自问:"我们如何辨别逸乐中的善与不善呢?"

到你的田野与花园里去,你就知道在花中采蜜是蜜蜂的娱乐;但是,将蜜汁送给蜜蜂也是花的娱乐。

因为对于蜜蜂,花是他生命的泉源,

对于花,蜜蜂是他恋爱的使者,

对于蜂和花,两下里,娱乐的接受是一种需要与欢乐。

阿法利斯的民众啊,在娱乐中你们应当像花朵与蜜蜂。

论 美

于是一个诗人说:请给我们谈美。

他回答说:

你们到哪里追求美,除了她自己做了你的道路,引导着你之外,你如何能找着她呢?

除了她做了你的言语的编造者之外,你如何能谈论她呢?

冤抑的、受伤的人说:"美是仁爱的,和柔的,如同一位年轻的母亲,在她自己的光荣中半含着羞涩,在我们中间行走。"

热情的人说:"不,美是一种全能的可畏的东西。

"暴风似的,撼摇了上天下地。"

疲乏的、忧苦的人说:"美是温柔的微语,在我们心灵中说话。

"她的声音传达到我们的寂静中,如同微晕的光,在阴影的恐惧中颤动。"

烦躁的人却说:"我们听见她在万山中叫号,

"与她的呼声俱来的,有兽蹄之声,振翼之音,与狮子之吼。"

在夜里守城的人说:"美要与朝暾从东方一齐升起。"

在日中的时候,工人和旅客说:"我们曾看见她凭倚在落日的窗户上俯视大地。"

在冬日,阻于雪的人说:"她要和春天一同来临,跳跃于山峰之上。"

在夏日的炎热里,刈者说:"我们曾看见她与秋叶一同跳舞,我们也看见她的发中有一堆白雪。"

这些都是他们关于美的谈说,

实际上,你却不是谈她,只是谈着你那未曾满足的需要。

美不是一种需要,只是一种欢乐。

她不是干渴的口,也不是伸出的空虚的手,

却是发焰的心,陶醉的灵魂。

她不是那你能看到的形象,能听到的歌声,

却是你虽闭目时也能看见的形象,虽掩耳时也能听见的歌声。

她不是犁痕下树皮中的液汁,也不是结系在兽爪间的禽鸟。

她是一座永远开花的花园,一群永远飞翔的天使。

阿法利斯的民众啊,在生命揭露圣洁的面纱的时候的美,就是生命。但你就是生命,你也是面纱。

美是永生揽镜自照。

但你就是永生,你也是镜子。

论 宗 教

于是一个老道人说:请给我们谈宗教。

他说:

这一天中我曾谈了别的吗?

宗教岂不是一切的功德,一切的反省,

或者那不是功德,也不是反省,只是在凿石或织布时,灵魂中永远涌溢的一种叹绝,一阵惊讶吗?

谁能把他的信心和行为分开,把他的信仰和事业分开呢?

谁能把时间展现在面前,说"这时间是为上帝的,那时间是为我自己的;这时间是为我灵魂的,那时间是为我肉体的"呢?

你的一切光阴都是那在太空中鼓动的翅翼,从自我飞到自我。

那穿上"道德",只如同穿上他的最美的衣服的人,还不如赤裸着,

太阳和风不会把他的皮肤裂成洞孔。

那把他的举止限定在伦理之内的,是把善鸣之鸟囚在笼里。

最自由的歌声,不是从竹木弦线上发出的。

那以"礼拜"为窗户的人,开启而又关上,他还没有探访

到他心灵之宫,那里的窗户是天天开启的。

你的日常生活,就是你的殿宇,你的宗教。
何时你进去,把你的一切都带了去。
带着犁耙和铁炉,木槌和琵琶,
这些你为着需要或怡情而制造的物件。
因为在梦幻中,你不能超升到比你的成就还高,也不至于坠落到比你的失败还低。
你也要把一切的人都带着:
因为在钦慕上,你不能飞跃得比他们的希望还高,也不能卑屈得比他们的失望还低。

假如你要认识上帝,就不要做一个解谜的人。
不如举目四望,你将看见他同你的孩子们游戏。
也观看太空;你要看见他在云中行走,在电中伸臂,在雨中降临。
你将看见他在花中微笑,在树中举着他的手摇动着。

论　死

于是爱尔美差开口了，说：现在我们愿意问"死"。

他说：

你愿知道死的奥秘。

但是除了在生命的心中寻求以外，你们怎能寻见呢？

那夜中张目的枭鸟，它的眼睛在白昼是盲瞎的，不能揭露光明的神秘。

假如你真要瞻望死的灵魂，你当对生的肉体大大地开展你的心。

因为生和死是一件事，如同江河与海洋也是一件事。

在你的希望和愿欲的深处，隐藏着你对于来生的默识；

如同种子在雪下梦想，你们的心也在梦想着春天。信赖一切的梦境吧，因为在那里面隐藏着永生之门。

你们的怕死，只是像一个牧人，当他站在国王的座前，被御手恩抚时的战栗。

在战栗之下，牧人岂不因为他身上已有了国王的手迹而喜悦吗？

可是，他岂不更注意到他自己的战栗吗？

除了在风中裸立、在日下消融之外,"死"还是什么呢?

除了把呼吸从不息的潮汐中解放,使他上升、扩大,无碍地寻求上帝之外,"气绝"又是什么呢?

只在你们从沉默的河中啜饮时,才真能歌唱。

只在你们达到山巅时,你们才开始攀缘。

只在大地索取你的四肢时,你们才真正地跳舞。

言　别

现在已是黄昏了。

于是那女预言者爱尔美差说：愿这一日，这地方，与你讲说的心灵都蒙福佑。

他回答说：说那话的是我吗？我不也是一个听者吗？

他走下殿阶，一切的人都跟上他，他上了船，站在舱面。

转面向着大众，他提高了声音说：

阿法利斯的民众啊，风命令我离开你们了。

我虽不像风那般的迅疾，我也必须去了。

我们这些漂泊者，永远地寻求更寂寞的寂寞，我们不在安歇的时地起程，朝阳与落日也不在同一地方看见我们。

大地在睡眠中时，我们仍是行路。

我们是那坚牢植物的种子，在我们的心成熟丰满的时候，就交给大风纷纷吹散。

我在你们中间的日子是很短促的，而我所说的话是更短了。

但等到我的声音在你们的耳中模糊，我的爱在你们的记忆中消灭的时候，我要重来。

我要以更丰满的心,更受灵感的唇说话。

是的,我要随着潮水归来,

虽然死要遮藏我,更大的沉默要包围我,我却仍要寻求你们的了解。

而且我这寻求不是徒然的。

假如我所说的都是真理,这真理要在更清澈的声音中、更明白的言语里,显示出来。

阿法利斯的民众啊,我将与风同去,却不是坠入虚空;

假如这一天不是你们的需要和我的爱的满足,那就让这个算是一个应许,直到践言的那一天。

人的"需要"会变换,但他的爱是不变的,他的"爱必须满足需要"的愿望,也是不变的。

所以你要知道,我将在更大的沉默中归来。

那在晓光中消散,只留下露水在田间的烟雾,是要上升凝聚在云中,化雨下降。

我也未尝不像这烟雾。

在夜的寂静中,我曾在你们的街市上行走,我的心魂曾进入你们的院宅。

你们的心搏曾在我的心中,你们的呼吸曾在我的脸上,我都认识你们。

是的,我知道你们的喜乐与哀痛,在你们的睡眠中,你们的梦就是我的梦。

我在你们中间常像山间的湖水。

我照见了你们高峰与峭崖,以及你们思想与愿望的徘徊的云影。

你们的孩子的欢笑,你们的青年的想望,都溪泉似的流到我寂静之中。

当它流入我心中深处的时候,这溪泉仍是不停地歌唱。

但还有比欢笑更甜柔,比想慕更伟大的东西流到。

那是你们身中的"无穷性";

你们在这"巨人"里面,都不过是血脉与筋腱,

在他的吟诵中,你们的歌音只不过是无声的颤动。

只因为在这巨人里,你们才伟大,

我因为关心他,才关心你们,怜爱你们。

因为若不是在这阔大的空间里,"爱"能达到多远呢?

有什么幻象、什么期望、什么臆断能够无碍地高翔呢?

在你们本性中的巨人,如同一株缘满苹花的大橡树。

他的神力把你缠系在地上,他的香气把你超升入高空,在他的"永存"之中,你永不死。

你们曾听说过,像一条锁链,你们是脆弱的链环中最脆弱的一环。

但这不完全是真的。你也是坚牢的链环中最坚牢的一环。

以你最小的事功来衡量你,如同以柔弱的泡沫,以核计大海的威权。

以你的失败来论断你,就是怨责四季之常变。

是啊,你们像大海。

那重载的船舶,停在你岸边待潮,你们虽似大海,也不能催促你的潮水。

你们也像四季，

虽然在冬天的时候，你们拒绝了春日，

你们的春日，和你们一同静息，它在睡中微笑，并不怨嗔。

不要想我说这话是要使你们彼此说"它夸奖得好，他只看见我们的好处。"

我不过用言语说出你们意念中所知道的事情。

言语的知识不只是无言的知识的影子吗？

你们的意念和我的言语，都是从封缄的记忆里来的波浪，这记忆是保存下来的我们的昨日。

也是大地还不认识我们也不认识它自己，正在混沌中受造的太古的白日和黑夜的记录。

哲人们曾来过，将他们的智慧给你们。我来却是领取你们的智慧：

要知道我找到了比智慧更伟大的东西，

那就是你们心里愈聚愈旺的火焰似的心灵。

你却不关心它的发展，只哀悼你岁月的凋残。

那是生命在宇宙的大生命中寻求扩大，而躯壳却在恐惧坟墓。

这里没有坟墓。

这些山岭和平原只是摇篮和垫脚石。

无论何时你从祖宗坟墓上走过，你若留意，你就要看见你们自己和子女们在那里携手跳舞。

真的，你们常在不知晓中作乐。

别人曾来到这里,为了他们在你们信仰上的黄金般的应许,你们所付与的只是财富、权力与光荣。

我所给予的还不及应许,而你们待我却更慷慨。

你们将生命的更深的渴求给予了我。

真的,对那把一切目的变作枯唇,将一切生命变作泉水的人,没有比这个更大的礼物了。

这便是我的荣誉与报酬——

当我到泉边饮水的时候,我觉得那流水也在渴着;

我饮水的时候,水也饮我。

你们中有人责备我在领受礼物上是太狷傲、太羞怯了。

在领受劳金上我是太骄傲了,在领受礼物上却不如此。

虽然在你们请我赴席的时候,我却在山中采食浆果。

在你们款留我的时候,我却在庙宇的廊下睡眠。

但岂不是你们对我的日夜的关怀,使我的饮食有味,使我的魂梦恬适吗?

为此我正要祝福你们:

"你们给予了许多,却不知道你们已经给予。

"真的,'慈悲'自己看镜的时候,变成石像。

"'善行'自赐嘉名的时候,变成了咒诅的根源。"

你们中有人说我高蹈派,与我自己的"孤独"对饮。

你们也说过,他与山林谈论却不同人说话。

他独自坐在山巅,俯视我们的城市。

我确曾攀登高山,孤行远地。

但除了在更高更远之处,我怎能看见你们呢?

除了相远之外,人们怎能相近呢?

还有人在沉默中对我呼唤,他们说:"异乡人,异乡人,'至高'的爱慕者,为什么你住在那鹰鸟做巢的山峰上呢?
"为什么你要追求那不能达到的事物呢?
"在你的窝巢中,你要网罗甚样的风雨,
"要捕取天空中哪一种的虚幻的飞鸟呢?
"加入我们吧!
"你下来用我们的面包充饥,用我们的醇酒解渴吧!"
在他们灵魂的静默中,他们说了这些话;
但是他们若再静默些,他们就知道我所要网罗的,只是你们的喜乐和哀痛的奥秘。

我所要捕取的,只是你们在天空中飞行的"大我"。

但是猎者也曾是猎物;
因为从我弓上射出的箭矢,有许多只是瞄向我自己的胸膛。
并且那飞翔者也曾是爬行者;
因为我的翅翼在日下展开的时候,在地上的影儿却是一个龟鳖。
我是信仰者也曾是怀疑者;
因为我常常用手指抚触自己的伤痕,使我对你们有更大的信仰与认识。

凭着这信仰与认识,我说:
你们不是幽闭在躯壳之内,也不是禁锢在房舍与田野之中。

你们的"真我"是住在云间,与风同游。

你们不是在日中匍匐取暖,在黑暗里钻穴求安的一只动物,

却是一件自由的物事,一个包含大地在以太中运行的魂灵。

如果这是模棱的言语,就不必苛求把这些话弄明白。
模糊与混沌是万物的起始,却不是终结。
我愿意你们当我是个起始。
生命,与一切有生,都隐藏在烟雾里,不在水晶中。
谁知道水晶就是凝固的云雾呢?

在忆念我的时候,我愿你们记着这个:
你们心中最软弱、最迷乱的,就是那最坚强、最刚决的。
不是你的呼吸使你的骨骼竖立坚强吗?
不是一个你觉得从未做过的梦,建造了你的城市,形成了城中的一切吗?
你如能看见你呼吸的潮汐,你就看不见别的一切;
你如能听见那梦想的微语,你就听不见别的声音。

你看不见,也听不见,这却是好的。
那蒙在你眼上的轻纱,也要被包扎这纱的手揭去;
那塞在你耳中的泥土,也要被那填塞这土的手指戳穿。
你将要看见,
你将要听见。

你也不为曾经聋聩而悲悔。
因为在那时候,你要知道万物的潜隐目的,
你要祝福黑暗与祝福光明一样。

他说完这些话,举目四顾,他看见他船上的舵工凭舵而立,凝视着那张满的风帆,又望着无际的天宇。
他说:
耐心的,我的船主是太耐心的了。
大风吹着,帆篷也烦躁了;
连船舵也急要起程;
我的船主却静候着我说完话。
我的水手们,听见了那更大的海的啸歌,他们也耐心地听着我。
现在他们不能再等待了。
我预备好了。
山泉已流入大海,那伟大的母亲又将她儿子抱在胸前。

别了,阿法利斯的民众啊!
这一天完结了。
他在我们心上闭合,如同一朵莲花在她自己的"明日"上合闭一样。
在这里所付与我们的,我们要保藏起来,
如果这还不够,我们还必须重聚,齐向那给予者伸手。
不要忘了我还要回到你们这里来。
一会儿的工夫,我的"愿望"又要聚些泥土,形成另一个躯壳。

一会儿的工夫,在风中休息片刻,另一个妇人又要孕怀着我。

我向你们,和我曾在你们中度过的青春告别了。

不过是昨天,我们曾在梦中相见。

在我的孤寂中,你们曾对我歌唱,因着对你们的渴慕,我曾在空中建立了一座高塔。

但现在我们的睡眠已经飞走,我们的梦想已经过去,也不是破晓的时候了。

中天的日影正照着我们,我们的半醒已变成了完满的白日,我们必须分手了。

如果在记忆的朦胧中,我们再要会见,我们再在一起谈论,你们也要对我唱更深沉的歌曲。

如果在另一梦中,我们要再握手,我们要在空中再筑一座高塔。

说着话,他向水手们挥手作势,他们立刻拔起锚儿,放开船儿,向东驶行。

从人民口里发出的同心的悲号,在尘沙中飞扬,在海面上奔越,如同号筒的声响。

只有爱尔美差静默着,凝望着,直至那船渐渐消失在烟雾之中。

大众都星散了,她仍独自站在海岸上,在她的心中忆念着他所说的:

"一会儿的工夫,在风中休息片刻,另一个妇人又要孕怀着我。"

243

沙　与　沫

冰心　译

> 我永远在沙岸上行走,
> 在沙土和泡沫的中间。
> 高潮会抹去我的脚印,
> 风也会把泡沫吹走。
> 但是海洋和沙岸,
> 却将永远存在。

我曾抓起一把烟雾。

然后我伸掌一看,哎哟,烟雾变成一个虫子。

我把手握起再伸开一看,手里却是一只鸟。

我再把手握起又伸开,在掌心里站着一个容颜忧郁,向天仰首的人。

我又把手握起,当我伸掌的时候,除了烟雾以外一无所有。

但是我听到了一支绝顶甜柔的歌曲。

仅仅在昨天,我认为我自己只是一个碎片,无韵律地在生命的穹苍中颤抖。

现在我晓得,我就是那穹苍,一场生命都是在我里面有韵律地转动的碎片。

他们在觉醒的时候对我说:"你和你所居住的世界,只不过是无边海洋的无边沙岸上的一粒沙子。"

在梦里我对他们说:"我就是那无边的海洋,大千世界只不过是我的沙岸上的沙粒。"

只有一次把我窘得哑口无言。就是当一个人问我"你是谁"的时候。

想到神的第一个念头是一个天使。
说到神的第一个字眼是一个人。

我们是有海洋以前千万年的扑腾着、漂游着、追求着的生物,森林里的风把语言给予了我们。
那么我们怎能以昨天的声音来表现我们心中的远古年代呢?

斯芬克斯只说过一次话。斯芬克斯说:"一粒沙子就是一片沙漠,一片沙漠就是一粒沙子;现在再让我们沉默下去吧。"
我听到了斯芬克斯的话,但是我不懂得。

我看到过一个女人的脸,我就看到了她所有的还未生出的儿女。
一个女儿看了我的脸,她就认得了在她生前已经死去的我的历代祖宗。

我想使自己完满起来。但是除非我能变成一个上面住着理智的生物的星球,此外还有什么可能?

这不是每一个人的目标吗?

一粒珍珠是痛苦围绕着一粒沙子所建造起来的庙宇。

是什么愿望围绕着什么样的沙砾,建造起我们的躯体呢?

当神把我这块石子丢在奇妙的湖里的时候,我以无数的圈纹扰乱了它的表面。

但是当我落到深处的时候,我就变得十分安静了。

给我静默,我将向黑夜挑战。

当我的灵魂和肉体由相爱而结婚的时候,我就得到了重生。

从前我认识一个听觉极其锐敏的人,但是他不能说话。在一个战役中他丧失了舌头。

现在我知道在这伟大的沉默来到以前,这个人打过的是什么样的仗。我为他的死亡而高兴。

这世界为我们两个人是不够大的。

我在埃及的沙土上躺了很久,沉默着而且忘却了季节。

然后太阳把生命给了我,我起来在尼罗河岸上行走。

和白天一同唱歌,和黑夜一同做梦。

现在太阳又用一千只脚在我身上践踏,让我在埃及的沙土上躺下。

但是,请看一个奇迹和一个谜吧!

那个把我聚集起来的太阳,不能把我打散。

我依旧挺立着,我以稳健的步履在尼罗河岸上行走。

记忆是相会的一种形式。

忘记是自由的一种形式。

我们依据无数的太阳运转来测定时间;他们以他们口袋里的小小的机器来测定时间。

那么请告诉我,我们怎能在同一的地点和同一的时间相会呢?

对于从银河的窗户里下望的人,空间就不是地球与太阳之间的空间了。

人性是一条光河,从永久以前流到永久。

难道在以太里居住的精灵,不妒羡世人的痛苦吗?

在到圣城去的路上,我遇到另一位香客,我问他:"这条就是到圣城去的路吗?"

他说:"跟我来吧,再有一天一夜就到达圣城了。"

我就跟随他。我们走了几天几夜,还没有走到圣城。

使我惊讶的是,他带错了路反而对我大发脾气。

神啊,让我做狮子的俘食,要不就让兔子做我的俘食吧。

除了通过黑夜的道路,人们不能到达黎明。

我的房子对我说:"不要离开我,因为你的过去住在这里。"
道路对我说:"跟我来吧,因为我是你的将来。"
我对我的房子和道路说:"我没有过去,也没有将来。如果我住下来,我的住中就有去;如果我去,我的去中就有住。只有爱和死才能改变一切。"

当那些睡在绒毛上面的人所做的梦,并不比睡在土地上的人的梦更美好的时候,我怎能对生命的公平失掉信心呢?

奇怪得很,对某些娱乐的愿望,也是我的痛苦的一部分。

曾有七次我鄙视了自己的灵魂:
第一次是在她可以上升而却谦让的时候。
第二次是我看见她在瘸者面前跛行的时候。
第三次是让她选择难易,而她选择了易的时候。
第四次是她做错了事,却安慰自己说别人也同样做错了事。
第五次是她容忍了软弱,而把她的忍受称为坚强。
第六次是当她轻蔑一个丑恶的容颜的时候,却不知道那是她自己的面具中之一。

第七次是当她唱一首颂歌的时候,自己相信这是一种美德。

我不知道什么是绝对的真理。但是我对于我的无知是谦虚的,这其中就有了我的荣誉和报酬。

在人的幻想和成就中间有一段空间,只能靠他的热望来通过。

天堂就在那边,在那扇门后,在隔壁的房里;但是我把钥匙丢了。
也许我是把它放错了地方。

你瞎了眼睛,我是又聋又哑,因此让我们握起手来互相了解吧!

一个人的意义不在于他的成就,而在于他所企求成就的东西。

我们中间,有些人像墨水,有些人像纸张。
若不是因为有些人是黑的话,有些人就成了哑巴。
若不是因为有些人是白的话,有些人就成了瞎子。

给我一只耳朵,我将给你以声音。

我们的心才是一块海绵;我们的心怀是一道河水。

然而我们大多宁愿吸收而不肯奔流；这不是很奇怪吗？

当你想望着无名的恩赐，怀抱着无端的烦恼的时候，你就真和一切生物一同长大，升向你的大我。

当一个人沉醉在一个幻象之中，他就会把这幻象的模糊的情味，当做真实的酒。

你喝酒为的是求醉；我喝酒为的是要从别种的醉酒中清醒过来。

当我的酒杯空了的时候，我就让它空着；但当它半满的时候，我却恨它半满。

一个人的实质，不在于他向你显露的那一面，而在于他所不能向你显露的那一面。
因此，如果你想了解他，不要去听他说出的话，而要去听他没有说的话。

我说的话有一半是没有意义的；我把它说出来，为的是也许会让你听到其他的一半。

幽默感就是分寸感。

当人们夸奖我多言的过失，责备我沉默的美德的时候，我的寂寞就产生了。

当生命找不到一个歌唱家来唱出她的心情的时候,她就产生一个哲学家来说出她的心思。

真理是长久被人知道的,有时是被人说出的。

我们的真实的我是沉默的;后天的我是多嘴的。

我的生命内的声音达不到你的生命内的耳朵;但是为了避免寂寞就让我们交谈吧!

当两个女人交谈的时候,她们什么话也没有说;当一个女人自语的时候,她揭露了生命的一切。

青蛙也许会叫得比牛更响,但是它们不能在田里拉犁,也不会在酒坊里牵磨,它们的皮也做不出鞋来。

只有哑巴才妒忌多嘴的人。

如果冬天说"春天在我的心里",谁会相信冬天呢?

每一粒种子都是一个愿望。

如果你真的睁开眼睛来看,你会从每一个形象中看到你自己的形象。

如果你张开耳朵来听,你会在一切声音里听到你自己的声音。

真理是需要我们两个人来发现的,一个人来讲说它,一个人来了解它。

虽然言语的波浪永远在我们上面喧哗,而我们的深处却永远是沉默的。

许多理论都像一扇窗户,我们通过它看到真理,但是它也把我们同真理隔开。

让我们玩捉迷藏吧。你如果藏在我的心里,就不难把你找到。但是如果你藏到你的壳里去,那么任何人也找你不到的。

一个女人可以用微笑把她的脸蒙了起来。

那颗能够和欢乐的心一同唱出欢歌的忧愁的心,是多么高贵啊!

想了解女人,或分析天才,或想解答沉默的神秘的人,就是那个想从一个美梦中挣扎醒来坐到早餐桌上的人。

我愿意同走路的人一同行走。我不愿站住看着队伍走过。

对于服侍你的人，你欠他的还不只是金子。把你的心交给他或是服侍他吧。

没有，我们没有白活。他们不是把我们的骨头堆成堡垒了吗？

我们不要挑剔计较吧。诗人的心思和蝎子的尾巴，都是从同一块土地上光荣地升起的。

每一条毒龙都产生出一个屠龙的圣乔治来。

树木是大地写上天空的诗。我们把它们砍下造纸，让我们可以把我们的空洞记录下来。

如果你要写作（只有圣人才晓得你为什么要写作），你必须有知识、艺术和魔术——字句的音乐的知识，不矫揉造作的艺术，和热爱你读者的魔术。

他们把笔蘸在我们的心怀里，就认为他们已经得了灵感了。

如果一棵树也写自传的话，它不会不像一个民族的历史。

如果我在"写诗的能力"和"未写成诗的欢乐"之间选择的话，我就要选那欢乐。因为欢乐是更好的诗。
但是你和我所有的邻居，都一致地说我总是不会选择。

诗不是一种表白出来的意见。它是从一个伤口或是一个笑口涌出的一首歌曲。

言语是没有时间性的。在你说它或是写它的时候应该懂它的特点。

诗人是一个退位的君王,坐在他的宫殿的灰烬里,想用残灰捏出一个形象。

诗是欢乐、痛苦和惊奇穿插着词汇的一场交道。

一个诗人要想寻找他心里诗歌的母亲的话,是徒劳无功的。

我曾对一个诗人说:"不到你死后我们不会知道你的评价。"
他回答说:"是的,死亡永远是个揭露者。如果你真想知道我的评价,那就是我心里的比舌上的多,我所愿望的比手里现有的多。"

如果你歌颂美,即使你是在沙漠的中心,你也会有听众。

诗是迷醉心怀的智慧。
智慧是心思里歌唱的诗。
如果我们能够迷醉人的心怀,同时也在他的心思中歌唱,那么他就真个地在神的影中生活了。

我们常为使自己入睡,而对我们的孩子唱催眠的歌曲。

我们的一切字句,都是从心思的筵席上散落下来的残屑。

思想对于诗往往是一块绊脚石。

能唱出我们的沉默的,是一个伟大的歌唱家。

如果你嘴里含满了食物,你怎能歌唱呢?
如果手里握满金钱,你怎能举起祝福之手呢?

他们说夜莺唱着恋歌的时候,把刺扎进自己的胸膛。
我们也都是这样的。不这样我们还能歌唱吗?

天才只不过是晚春开始时节知更鸟所唱的一首歌。

连那最高超的心灵,也逃不出物质的需要。

疯人作为一个音乐家并不比你我逊色;只不过他所弹奏的乐器有些失调而已。

在母亲心里沉默着的诗歌,在她孩子唇上唱了出来。

没有不能圆满的愿望。

我和另外一个我从来没有完全一致过。事物的实质似乎横亘在我们中间。

你的另外一个你总是为你难过。但是你的另外一个你就在难过中成长;那么就一切都好了。

除了在那些灵魂熟睡、躯壳失调的人的心里之外,灵魂和躯壳之间是没有斗争的。

当你达到生命的中心的时候,你将在万物中甚至于在看不见美的人的眼睛里,也会找到美。

我们活着只为的是去发现美。其他一切都是等待的种种形式。

撒下一粒种子,大地会给你一朵花。向天祝愿一个梦想,天空会给你一个情人。

你生下来的那一天,魔鬼就死去了。
你不必经过地狱去会见天使。

许多女子借到了男子的心;很少女子能占有它。

如果你想占有,你千万不可要求。
当一个男子的手接触到一个女子的手,他俩都接触到了永在的心。

爱情是情人之间的面幕。

每一个男子都爱着两个女人:一个是他想象的作品,另外一个还没有生下来。

不肯原谅女人的细微过失的男子,永远不会欣赏她们伟大的德行。

不日日自新的爱情,变成一种习惯,而终于变成奴役。

情人只拥抱了他们之间的一种东西,而没有互相拥抱。

恋爱和疑忌是永不交谈的。

爱情是一个光明的字,被一只光明的手写在一张光明的册页上。

友谊永远是一个甜柔的责任,从来不是一种机会。

如果你不在所有的情况下了解你的朋友,你就永远不会了解他。

你的最华丽的衣袍是别人织造的;
你的最可口的一餐是在别人的桌上吃的;

你的最舒适的床铺是在别人的房子里的。
那么请你告诉我,你怎能把自己同别人分开呢?

你的心思和我的心将永不会一致,除非你的心思不再居留于数字中,而我的心怀不再居留在云雾里。

除非我们把语言减少到七个字,我们将永不会互相了解。

我的心,除了把它敲碎以外,怎能把它打开呢?

只有深哀和极乐才能显露你的真实。
如果你愿意被显露出来,你必须在阳光中裸舞,或是背起你的十字架。

如果自然听到了我们所说的知足的话语,江河就不去寻求大海,冬天就不会变成春天。如果她听到我们所说的一切吝啬的话语,我们有多少人可以呼吸到空气呢?

当你背向太阳的时候,你只看到自己的影子。

你在白天的太阳前面是自由的,在黑夜的星辰前面也是自由的;
在没有太阳、没有月亮、没有星辰的时候,你也是自由的。
就是在你对世上的一切闭起眼睛的时候,你也是自由的。
但是你是你所爱的人的奴隶,因为你爱了他。
你也是爱你人的奴隶,因为他爱了你。

我们都是庙门前的乞丐,当国王进出庙门的时候,我们每人都分受到恩赏。

但是我们都互相妒忌,这是轻视国王的另一种方式。

你不能吃得多过你的食欲。那一半食粮是属于别人的,而且也要为不欲之客留下一点面包。

如果不为待客的话,所有的房屋都成了坟墓。

和善的狼对天真的羊说:"你不光临寒舍吗?"
羊回答说:"我们将以造府为荣,如果你的府邸不是在你肚子里的话。"

我把客人拦在门口说:"不必了,在出门的时候再擦脚吧,进门的时候是不必擦的。"

慷慨不是你把我比你更需要的东西给我,而是你把你比我更需要的东西,也给了我。

当你施与的时候你当然是慈善的,在授予的时候要把脸转过一边,这样就可以不看那受者的羞赧。

最富与最穷的人的差别,只在于一整天的饥饿和一个钟头的干渴。

我们常常从我们的明天预支了来偿付我们昨天的债务。

我也曾受过天使和魔鬼的造访,但是我都把他们支走了。
当天使来的时候,我念一段旧的祷文,他就厌烦了;
当魔鬼来的时候,我犯一次旧的罪过,他就从我面前走过了。

总的来说,这不是一所坏监狱;我只不喜欢在我的囚房和隔壁囚房之间的这堵墙。
但是我对你保证,我决不愿意责备狱吏和建造这监狱的人。

你向他们求鱼而却给你毒蛇的那些人,也许他们只有毒蛇可给。那么在他们一方面就算是慷慨的了。

欺骗有时成功,但它往往自杀。

当你饶恕那些从不流血的凶手,从不盗窃的小偷,不打诳语的说谎者的时候,你就真是一个宽大的人。

谁能把手指放在善恶分野的地方,谁就是能够摸到上帝圣袍的边缘的人。

如果你的心是一座火山的话,你怎能指望会从你的手里开出花朵来呢?

多么奇怪的一个自欺的方式！有时我宁愿受到损害和欺骗，好让我嘲笑那些以为我不知道我是被损害被欺骗了的人。

对于一个扮作被追求者的角色的追求者，我该怎么说他呢？

让那个把脏手擦在你衣服上的人，把你的衣服拿走吧。他也许还需要那件衣服，你却一定不会再要了。

兑换商不能做一个好园丁，真是可惜。

请你不要以后天的德行来粉饰你的先天的缺陷。我宁愿有缺陷；这些缺陷和我自己的一样。

有多少次我把没有犯过的罪都拉到自己身上，为的让人家在我面前感到舒服。

就是生命的面具也都是更深的奥秘的面具。

你可能只根据自己的了解去判断别人。
现在告诉我，我们里头谁是有罪的，谁是无辜的。

真正公平的人就是对你的罪过感到应该分担的人。

只有白痴和天才，才会去破坏人造的法律；他们离上帝的心最近。

只有你被追逐的时候,你才快跑。

我没有仇人,上帝呵,如果我会有仇人的话,
就让他和我势均力敌,
只让真理做一个战胜者。

当你和敌人都死了的时候,你就会和他十分友好了。

一个人在自卫的时候可能自杀。

很久以前一个"人"因为过于爱别人,也太可爱了,因而被钉在十字架上。
说来奇怪,昨天我碰到他三次。
第一次是他恳求一个警察不要把一个妓女关到监牢里去;第二次是他和一个无赖一块儿喝酒;第三次是他在教堂里和一个法官拳斗。

如果他们所谈的善恶都是正确的话,那么我的一生只是一个长时间的犯罪。

怜悯只是半个公平。

过去唯一对我不公平的人,就是那个我曾对他的兄弟不公平的人。

当你看见一个人被带进监狱的时候,在你心中默默地说:"也许他是从更狭小的监狱里逃出来的。"

当你看见一个人喝醉了的时候,在你心中默默地说:"也许他想逃避某些更不美好的事物。"

在自卫中我常常憎恨;但是如果我是一个比较坚强的人,我就不必使用这样的武器。

用唇上的微笑来遮掩眼里的憎恨的人是多么愚蠢啊!

只有在我以下的人,能妒忌我或憎恨我。
我从来没有被妒忌或被憎恨过,我不在任何人之上。
只有在我以上的人,能称赞我或轻蔑我。
我从来没有被称赞或被轻蔑过,我不在任何人之下。

你对我说:"我不了解你。"这就是过分地赞扬了我,无故地侮辱了你。

当生命给我金子而我给你银子的时候,我还自以为慷慨,这是多么卑鄙啊!

当你达到生命心中的时候,你会发现你不高过罪人,也不低于先知。

奇怪的是,你竟可怜那脚下慢的人,而不可怜那心里慢的人。

可怜那盲于目的人,而不可怜那盲于心的人。

瘸子不在他敌人的头上敲断他的拐杖,是更聪明些。

那个认为从他的口袋里给你,可以从你心里取回的人,是多么糊涂啊!

生命是一支队伍。迟慢的人发现队伍走得太快了,他就走出队伍;
快步的人又发现队伍走得太慢了,他也走出队伍。

如果世上真有罪孽这件东西的话,我们中间有的人是跟着我们祖先的脚踪,倒退着造孽。
有的人是管制着我们的儿女,赶前地造孽。

真正的好人,是那个和所有的大家认为坏的人在一起的人。

我们都是囚犯,不过有的是关在有窗的牢房里,有的就关在无窗的牢房里。

奇怪的是,当我们为错误辩护的时候,我们用的气力比我们捍卫正确时还大。

如果我们互相供认彼此的罪过的话,我们就会为大家并无新创而互相嘲笑。

如果我们都公开了我们的美德的话,我们也将为大家并无新创而大笑。

一个人是在人造的法律之上,直到他犯了抵触人造的惯例的罪;
在此以后,他就不在任何人之上,也不在任何人之下。

政府是你和我之间的协定。你和我常常是错误的。

罪恶是需要的别名,或是疾病的一种。

还有比意识到别人的过失还大的过失吗?
如果别人嘲笑你,你可以怜悯他;但是如果你嘲笑他,你决不可自恕。
如果别人伤害你,你可以忘掉他;但是如果你伤害了他,你须永远记住。
实际上别人就是最敏感的你附托在另一个躯壳上。

你要人们用你的翅翼飞翔,而却连一根羽毛也拿不出的时候,你是多么轻率啊!

从前有人坐在我的桌上,吃我的饭,喝我的酒,走时还嘲笑我。
以后他再来要吃要喝,我就不理他;
天使就嘲笑我。

憎恨是一件死东西,你们有谁愿意做一座坟墓?

被杀者的光荣就是他不是凶手。

人道的保护者是在它沉默的心怀中,从不在它多言的心思里。

他们认为我疯了,因为我不肯拿我的光阴去换金钱;
我认为他们是疯了,因为他们以为我的光阴是可以估价的。

他们把最昂贵的金子、银子、象牙和黑檀排列在我们的面前,我们把心胸和气魄排列在他们的面前;
而他们却自称为主人,把我们当作客人。

我宁可做人类中有梦想和有完成梦想的愿望的、最渺小的人,而不愿做一个最伟大的、无梦想、无愿望的人。

最可怜的人是把他的梦想变成金银的人。

我们都在攀登自己心愿的高峰。如果另一个登山者偷了你的粮袋和钱包,而把粮袋装满了,钱包也加重了,你应当可怜他;
这攀登将为他的肉体增加困难,这负担将加长他的路程。如果在你消瘦的情况下,看到他的肉体膨胀着往上爬,帮他一步;这样做会增加你的速度。

你不能超过你的了解去判断一个人,而你的了解是多么浅薄啊!

我绝不去听一个征服者对被征服的人的说教。

真正自由的人是忍耐地背起奴隶的负担的人。

千年以前,我的邻人对我说:"我恨生命,因为它只是一件痛苦的东西。"
昨天我走过一座坟园,我看见生命在他的坟上跳舞。

自然界的竞争不过是混乱渴望着秩序。

孤寂是吹落我们枯枝的一阵无声的风暴;
但是它把我们活生生的根芽,更深地送进活生生的大地的活生生的心里。

我曾对一条小溪谈到大海,小溪认为我只是一个幻想的夸张者;
我也曾对大海谈到小溪,大海认为我只是一个低估的毁谤者。

把蚂蚁的忙碌捧得高于蚱蜢的歌唱的眼光,是多么狭仄啊!

这个世界里的最高德行,在另一个世界里也许是最低的。

深和高在直线上走到深度和高度;只有广阔能在圆周里运行。

如果不是因为我们有了重量和长度的观念,我们站在萤火光前也会同在太阳面前一样的敬畏。

一个没有想象力的科学家,好像一个拿着钝刀和旧秤的屠夫。

但既然我们不全是素食者,那么你该怎么办呢?

当你歌唱的时候,饥饿的人就用他的肚子来听。

死亡和老人的距离并不比和婴儿的距离更近;生命也是如此。

假如你必须直率地说的话,就直率得漂亮一些;要不就沉默下来,因为我们邻近有一个人快死了。

人间的葬礼也可能是天上的婚筵。

一个被忘却的真实可能死去,而在它的遗嘱里留下七千条的实情实事,作为料理丧事和建造坟墓之用。

实际上我们只对自己说话,不过有时我们说得大声一点,使得别人也能听见。

显而易见的东西是：在被人简单地表现出来之前，是从不被人看到的。

假如银河不在我的意识里，我怎能看到它或了解它呢？

除非我是医生群中的一个医生，他们不会相信我是一个天文学家的。

也许大海给贝壳下的定义是珍珠。
也许时间给煤炭下的定义是钻石。

荣名是热情站在阳光中的影子。

花根是鄙弃荣名的花朵。

在美之外没有宗教，也没有科学。

我所认得的大人物的性格中都有些渺小的东西；就是这些渺小的东西，阻止了懒惰、疯狂或者自杀。

真正伟大的人是不压制人也不受人压制的人。

我绝不因为那个人杀了罪人和先知，就相信他是中庸的。

容忍是和高傲狂害着相思的一种病症。

虫子是会弯曲的,但是连大象也会屈服,不是很奇怪吗?

一场争论可能是两个心思之间的捷径。

我是烈火,我也是枯枝,一部分的我消耗了另一部分的我。

我们都在寻找圣山的顶峰;假如我们把过去当做一张图表而不作为一个向导的话,我们的路程不是可以缩短吗?

当智慧骄傲到不肯哭泣,庄严到不肯欢笑,自满到不肯看人的时候,就不成为智慧了。

如果我用你所知道的一切,把自己填满的话,我还能有余地来容纳你所不知道的一切吗?

我从多话的人学到了静默,从褊狭的人学到了宽容,从残忍的人学到了仁爱,但奇怪的是我对于这些老师并不感激。

执拗的人是一个极聋的演说家。

妒忌的沉默是太吵闹了。

当你达到你应该了解的终点的时候,你就处在你应该感觉的起点。

夸张是发了脾气的真理。

假如你只能看到光所显示的,只能听到声所宣告的,那么实际上你没有看也没有听。

一件事实是一条没有性别的真理。

你不能同时又笑又冷酷。

离我心最近的是一个没有国土的国王和一个不会求乞的穷人。

一个羞赧的失败比一个骄傲的成功还要高贵。

在任何一块土地上挖掘你都会找到珍宝,不过,你必须以农民的信心去挖掘。

一只被二十个骑士和二十条猎狗追逐着的狐狸说:"他们当然会打死我,但他们准是很可怜,很笨拙的;假如二十只狐狸骑着二十头驴子带着二十只狼去追打一个人的话,那真是不值得的。"

是我们的心思屈服于我们自制的法律之下,我们的精神是从不屈服的。

我是一个旅行者,也是一个航海者,我每天在我的灵魂中发现一个新的王国。

一个女人抗议说:"当然那是一场正义的战争,我的儿子在这场战争中牺牲了。"

我对生命说:"我要听死亡说话。"
生命把她的声音提高一点说:"现在你听到他说话了。"

当你解答了生命的一切奥秘,你就渴望死亡,因为它不过是生命的另一个奥秘。
生与死是勇敢的两种最高贵的表现。

我的朋友,你和我对于生命将永远是个陌生者,
我们彼此也是陌生者,对自己也是陌生者,
直到你要说我要听的那一天,
把你的声音作为我的声音;
当我站在你的面前,
觉得我是站在镜前的时候。

他们对我说:"你能自知你就能了解所有的人。"
我说:"只有我寻求所有的人我才能自知。"

一个人有两个我:一个在黑暗里醒着,一个在光明中睡着。

隐士是遗弃了一部分的世界,使他可以无惊无扰地享受着整个世界。

在学者和诗人之间伸展着一片绿野,如果学者穿走过去,他就成个圣贤者;如果诗人穿走过来,他就成个先知。

昨天我看见哲学家们把他们的头颅装在篮子里,在市场上高声叫卖:"智慧,卖智慧咯!"
可怜的哲学家!他们必须出卖他们的头来喂养他们的心。

一个哲学家对一个清道夫说:"我可怜你,你的工作又苦又脏。"
清道夫说:"谢谢你,先生。请告诉我,你做什么工作?"
哲学家回答说:"我研究人的心思、行为和愿望。"
清道夫一面扫街一面微笑说:"我也可怜你。"

听真理的人并不弱于讲真理的人。

没有人能在需要与奢侈之间画一条界线。只有天使能这样做,天使是明智而热切的。
也许天使就是我们在太空中的更高尚的思想。

在托钵僧的心中找到自己的宝座的是真正的王子。

实际上你不欠任何人的债。你欠所有的人一切的债。

从前生活过的人现在都和我们一起活着。我们中间当然没有人愿意做一个慢客的主人。

想望得最多的人活得最长。

他们对我说:"十鸟在树不如一鸟在手。"
我却说:"一鸟一羽在树胜过十鸟在手。"
你对那根羽毛的追求,就是脚下生翼的生命;不,它就是生命的本身。

世上只有两个元素,美和真:美在情人的心中,真在耕者的臂里。

伟大的美俘虏了我,但是一个更伟大的美居然把我从掌握中释放了。

美在想望它的人的心里,比在看到它的人的眼里,放出更明亮的光彩。

我爱慕那对我倾诉心怀的人,我尊重那对我披露梦想的人。但是为什么在服侍我的人面前,我却腼腆,甚至于带些羞愧呢?

天才曾以能侍奉王子为荣。
现在他们以侍奉贫民为荣。

天使们晓得,有过多的讲实际的人,就着梦想者眉间的汗,吃他们的面包。

风趣往往是一副面具。你如能把它扯了下来,你将发现一个被激恼了的才智,或是在变着戏法的聪明。

聪明把聪明归功于我,愚钝把愚钝归罪于我。我想,他俩都是对的。

只有自己心里有秘密的人才能参透我们心里的秘密。

只能和你同乐不能和你共苦的人,丢掉了天堂七个门中的一把钥匙。

是的,世上是有涅槃;它是在把羊群带到碧绿的牧场的时候,在哄着你孩子睡觉的时候,在写着你的最后一行诗句的时候。

远在体验到它们以前,我们就已经选择了我们的欢乐和悲哀了。

忧愁是两座花园之间的一堵墙壁。

当你的欢乐和悲哀变大的时候,世界就变小了。
愿望是半个生命,淡漠是半个死亡。

我们今天的悲哀里最苦的东西,是我们昨天的欢乐的回忆。

他们对我说:"你必须在今生的欢娱和来世的平安之中做个选择。"

我对他们说:"我已选择了今生的愉快和来世的安宁。因为我心里知道那最大的诗人只写过一首诗,而这首诗是完全合乎音节韵律的。"

信仰是心中的绿洲,思想的骆驼队永远走不到。

当你求达你的高度的时候,你将想望,但要只为想望而想望;你应为饥饿而热望,你应为更大的干渴而渴望。

假如你对风泄露了你的秘密,你就不应当去责备风对树林泄露了秘密。

春天的花朵是天使们在早餐桌上所谈论的冬天的梦想。

鼬对月下香说:"看我跑得多快!你却不能走,也不会爬。"

月下香对鼬说:"嘻,最高贵的快腿,请你快快跑开吧!"

乌龟比兔子更能多讲些道路的情况。

奇怪的是没有脊骨的生物都有最坚硬的壳。

话最多的人是最不聪明的人,在一个演说家和一个拍卖人之间,几乎没有分别。

你应该感谢,因为你不必靠着父亲的名望或伯叔的财产来生活。
但是最应该感谢的是,没有人必须靠着你的名誉或财产来生活。

只在一个变戏法的人接不到球的时候,他才能吸引我。

忌妒我的人在不知不觉之中颂扬了我。

在很久的时候,你是你母亲睡眠里的一个梦,以后她醒起把你生了下来。

人类的胚芽是在你母亲的愿望里。

我的父母愿意有个孩子,他们就生下我。
我要母亲和父亲,我就生下了黑夜和海洋。

有的儿女使我们感到此生不虚,有的儿女为我们留下终天之憾。

当黑夜来了而你也阴郁的时候,就坚决地阴郁着躺了下来。

当早晨来了而你还感着阴郁的时候,就站起来坚决地对白天说:"我还是阴郁的。"

对黑夜和白天扮演角色是愚蠢的。

他们都会嘲笑你。

雾里的山岳不是丘陵,雨中的橡树也不是垂柳。

看哪,这一个似非而是的论断:深和高是比"折中"和"两可"更为相近。

当我一面明镜似的站在你面前的时候,你注视着我,看到了自己的形象。

然后你说:"我爱你。"

但是实际上你爱的是我里面的你。

当你以爱邻为乐的时候,它就不是美德了。

不时常涌溢的爱就往往死掉。

你不能同时又有青春又有关于青春的知识。

因为青春忙于生活,而顾不得去了解;然知识为着要生活,而忙于自我寻求。

你有时坐在窗边看望过往行人。望着望着地,你也许看见一个尼姑向你右手边走来,一个妓女向你左手边走来。

你也许在无心中说出:"这一个是多么高洁而那一个又

是多么卑贱!"

假如你闭起眼睛静听一会儿,你会听到太空中有个声音低语说:"这一个在祈祷中寻求我,那一个在痛苦中寻求我。在各人的心灵里,都有一座供奉我的心灵的庵堂。"

每隔一百年,拿撒勒的耶稣就和基督徒的耶稣在黎巴嫩山中的花园里相会。他们做了长谈,每次当拿撒勒的耶稣向基督徒的耶稣道别的时候,他都说:"我的朋友,我恐怕我们两人永远、永远也不会一致。"

求上帝喂养那些穷奢极欲的人吧!

一个伟大的人有两颗心:一颗心流血,另一颗心宽容。

如果一个人说了并不伤害你或任何人的谎话,为什么不在你心里说,他堆放事实的房子太小了,搁不下他的胡想,他必须把胡想留待更大的地场?

在每扇关起的门后,都有一个用七道封皮封起的秘密。

等待是时间的蹄子。

假如困难是你东墙上的一扇新开的窗户,那你怎么办呢?

和你一同笑过的人,你可能把他忘掉;但是和你一同哭过的人,你却永远不忘。

在盐里面一定有些出奇的神圣的东西。它也在我们的眼泪和大海里。

我们的上帝在他慈悲的干渴里,会把我们——露珠和眼泪——都喝下去。

你不过是你的大我的一个碎片,一张寻求面包的嘴,一只盲目的、为一张干渴的嘴举着水杯的手。

只要你从种族、国家和自身之上,升起一腕尺①,你就真成了神一样的人。

假如我是你,我绝不在低潮的时候去抱怨大海。

船是一只好船,我们的船主是精干的;只不过是你的肚子不合适就是了。

我们想望而得不到的东西,比我们已经得到的东西总要宝贵些。

假如你能坐在云头上,你就看不见两国之间的界线,也看不见庄园之间的界石。

可惜的是,你不能坐在云头上。

---

① 腕尺,古代长度单位,一腕尺约等于六十厘米。

七百年以前有七只白鸽,从幽谷里飞上高山的雪峰。七个看到鸽子飞翔的人中,有一个说:"我看出第七只鸽子的翅膀上有一个黑点。"

今天这山谷里的人们就说,飞上雪山顶峰的是七只黑鸽。

在秋天,我收集我的一切烦恼,把它们埋在我的花园里。

四月又到,春天来同大地结婚,在我的花园里开出与众不同的美丽的花。

我的邻人们都来赏花,他们对我说:"当秋天再来,该下种子的时候,你好不好把这些花种分给我们,让我们的花园里也有这些花呢?"

假如我向人伸出空手而得不到东西,那当然是苦恼;但是假如我伸出一只满握的手,而发现没有人来接受,那才是绝望呢。

我渴望着来生,因为在那里我将会看到我的未写出的诗和未画出的画。

艺术是从自然走向无穷的一步。

艺术作品是一堆云雾雕塑成的一个形象。

连那把荆棘编成王冠的双手,也比闲着的双手强。

我们最神圣的眼泪,永不寻求我们的眼睛。

每一个人都是已往的每一个君王和每一个奴隶的后裔。

如果耶稣的曾祖知道在他体内隐藏着东西的话,他不会对自己肃然起敬吗?

犹大的母亲对她儿子的爱,会比马利亚对耶稣的爱少些吗?

我们的弟兄耶稣还有三桩奇迹没有在经书上记载过:第一件是,他是和你我一样的人;第二件是,他有幽默感;第三件是,他知道他虽然被征服,而却是一个征服者。

钉在十字架上的人,你是钉在我的心上;穿透你双手的钉子,穿透了我的心壁。

明天,当一个远方人从各各他①走过的时候,他不会知道这里有两个人流过血。

他还以为那是一个人的血。

他也许听说过那座福山。

它是我们世上最高的山。

一旦你登上顶峰,你就只有一个愿望,那就是往下走入最深的峪谷里,和那里的人民一同生活。

---

① 各各他,《圣经》中的地名。见《新约·马太福音》第二十七章。"各各他"为亚兰文音译,原意为骷髅。这是古犹太耶路撒冷的一个刑场,传说耶稣在该地被钉死在十字架上。

这就是这座山叫做福山的原因。

我的每一个禁闭在表情里的念头,我必须用行为去释放它。

游　子

薛庆国　译

游　子

我是在岔路口遇见的他：身披斗篷，手拄木杖，面露痛苦之色。互相请安之后，我说："你来敝舍做客吧。"

他来了。

妻儿在门口迎着我们，他对妻儿微笑，他们喜欢上了来客。

我们一起在桌边就座，来客恬静而神秘的气息，令全家高兴。

晚餐后，我们围炉而坐，我问起他漫游四方的经历。

当夜和次日，他说了许多故事。我现在记下的，乃是这位和善的来客在艰难岁月的见闻，是他在道路上风尘与忍力的结晶。

三天以后当他告辞时，我们不觉得是一位客人离去，而是感到，我们中的一人仍在外面的园圃里，未曾走进家门。

衣　裳

有一日,"美"与"丑"在海岸相遇,她们说:"我们下海洗浴吧。"

然后脱衣,下海,游泳。

过了一会儿,"丑"回到岸边,穿上"美"的衣裳走了。

"美"也上岸了,却找不到自己的衣裳,但又羞于赤身裸体,便穿上"丑"的衣裳走了。

至今,男男女女仍然混淆着"美丑"。

但是,也有一些见过"美"的面孔的人,他们认出了"美",虽然她穿着"丑"的衣裳;还有人凭面容认出了"丑","丑"穿的"美"衣并没有把他们迷惑。

兀鹰与云雀

云雀与兀鹰在高山之巅的一块岩石上相遇。云雀先打招呼:"早晨好啊,先生!"兀鹰低头看它一眼,无精打采地回答:"早安。"

云雀说:"但愿您万事如意,先生。"

"唔,"兀鹰哼了声,"都还凑合吧。不过,你岂不知我乃百鸟之王,我不开口你不得搭话吗?"

云雀说:"可我认为我们是一个家族的呀!"

兀鹰轻蔑地瞥了它一眼:"谁说我跟你一个家族?"

云雀说:"可你该知道,我能和你一样高飞,我还会歌唱,给地球上别的生物带去欢乐;你呢,却不会给别人带去快乐。"

兀鹰大怒,呵斥道:"快乐个屁!无礼的小东西,我一口就能把你吞了!你充其量只有我的脚那么大小。"

云雀振翅一飞,跃到了兀鹰的背上,啄咬着它的羽毛。兀鹰气急败坏,拍打着翅膀,又快又高地飞了起来,想把云雀甩掉。可是白费劲。最后,兀鹰又落到原先的那块岩石上,它更加恼怒,怨时尤运,小小的云雀却还高踞在它的背上。

就在这当儿,一只小乌龟路过,一见此状,笑得快要前仰后合了。

兀鹰俯视着它,喝道:"你这迟钝的爬龟,与泥土为伍的蠢货,取笑我什么?"

乌龟说:"怎么你成了一匹马了?怎么小鸟在你背上做了骑士了?小鸟都比你强噢!"

兀鹰训斥道:"去你的!这是我的云雀兄弟和我之间的家里事。"

情　诗

　　一位诗人作了一首优美的情诗,然后抄写了许多份,寄给了他的朋友和熟人,其中有男有女,还有一位他仅有一面之交的姑娘,家住群山的对面。

　　过了一两天,姑娘托人捎来一封信。信中说:"说真话,你为我作的情诗深深地打动了我。来吧,见见我的父母,让我们一起安排订婚事宜。"

　　诗人写了回信,他写道:"朋友,那只是发自诗人心里的一首情诗,是所有的男人向所有女人唱的歌。"

　　姑娘又复了一信:"伪君子加谎言家!就因为你,从今至死,我要憎恨一切诗人!"

闪 电

某个雷电交加的日子,一位基督教主教在教堂主事。这时走进一位非基督徒妇女,她站在主教面前问道:"我不是基督徒,可以从地狱之火中得救吗?"

主教看了妇女一眼,说道:"不行,只有受了洗礼、灵魂洁净的人才能得救。"

话音刚落,一道闪电从空中劈下,教堂起火了。

城里的人们飞跑过来,救出了妇女。而主教,却被熊熊大火吞噬了。

珍　珠

一只河蚌对它的邻蚌说："我感到肚子里疼痛无比，有个又重又圆的东西。我何其不幸！"

它的邻居洋洋自得地回答："赞美上天和大海，我哪儿也不疼，里里外外都结实硬朗。"

一只路过的螃蟹听到了它们的对话，它对里里外外都结实硬朗的河蚌说道："不错，你非常健康，但你邻居忍受着痛苦，是因为它怀了一颗绝美的珍珠。"

灵 与 肉

一男一女坐在春光下洞开的窗前,两人靠得很近。女人说:"我爱你。你英俊,富有,又风度翩翩。"

男人说:"我也爱你。你是一个美妙的思想,高远得难以把握;你是我梦中的一阕赞歌。"

然而女人愤然站起,说道:"先生,请你走开!我不是一个思想,不是你梦中的什么东西。我是一个女人,我要你把我当作妻子,当作未出生孩子的母亲。"

于是他们分手了。

男人在心中自语:"又一个梦想化为烟云了。"

女人在说:"天哪,一个男人要把我化为烟云,化为梦想,这人是怎么啦?"

国 王

萨迪克国的人民围聚在王宫周围,高喊着反对国王的口号。国王走下王宫的台阶,一手捧着王冠,一手持着权杖。他的威仪使人们肃静,他止步说道:"朋友们,你们将不再是我的臣民。现在,我把王冠和权杖交给你们,我要成为你们中的一员,做一个普通人,同你们一起工作,改善我们的命运。从此再不需要国王了!让我们到田野去,到葡萄园去,手挽手地劳动。只求你们告诉我该去哪块田野、哪座葡萄园。现在你们都是国王。"

人们甚为惊奇,哑然无声。他们一向把国王当作不幸的根源,现在他却交出了王冠和权杖,和他们平等了。

于是大家纷纷散去,国王跟着一人来到农田。

国王虽然退位,萨迪克国的情况却没有什么好转,人民依然怨声载道。人们在街市上呼喊着,希望有个国王来统领他们,老老少少异口同声:"我们要有我们的国王!"

他们去找退位的国王,发现他在田里埋头耕作。他们把他带到王座前,呈上王冠与权杖,说:"统治我们吧,要威严和公正!"

他说:"我确实要威严地统治你们,愿天地间神明襄助,我还要公正地统治你们。"

当下，好多人走上前来，诉说一位贵族如何虐待他们，把他们当农奴使唤。国王马上令人带来贵族，训斥道："在上帝的天平上，任何人的生命都和别人的生命等重。因为你不懂得尊重在你的田野和葡萄园里工作的人们，你要被判罪流放，永远逐出我国。"

第二天又来了一群人，向国王诉说山对面一位女爵的酷政，致使当地民不聊生。国王马上令人拿来女爵，也判刑流放。他说："耕耘我们的田地、照看我们葡萄园的人们，要比吃别人做的面包、饮别人酿的酒的我们更为高贵；因为你不懂得这个道理，你被赶出这里，远离我们的国家。"

下一次人们来控诉主教。说他劳役人民开采巨石，修筑教堂，而后分文不给；其实人人皆知主教的宝箱里塞满了金银，而人民却在忍饥挨饿。

于是国王召来主教，当着他的面说道："你胸前的十字架本来意味着生命的施与，而你却巧取豪夺，从无所施。你被逐出我国，永不得归。"

就这样，算来整整一个月，每天都有人来诉说身受的压迫；在这整整一个月里，每天也都有压迫者被逐出国家。

萨迪克的人民喜出望外，安居乐业。

有一天，老老少少又围住了国王住的高塔，呼喊着他的名字。国王走下楼来，一手捧着王冠，一手持着权杖。

国王对人们说道："现在，你们又要我做什么？我再交出你们曾要我留下的东西吧！"

人们喊道："不！不！你是我们贤明的国王。你从我们土地上清除了毒蛇，赶走了豺狼，我们特来向你唱感恩之歌。这王冠庄严地属于你，这权杖光荣地属于你。"

国王回答道:"不是我,不是我,你们自己才是国王。你们认为我是弱者、昏君的当初,你们自己也是懦弱、昏聩的;现在国家有了起色,因为这是你们的意愿。我只是你们心中的一个想法,只存在于你们的行动之中。没有所谓的君王,不过是臣民在统治自己罢了。"

国王又带着王冠和权杖回到高塔,老老少少心满意足地各自回家了。

现在,每个人都把自己当作国王:一手捧着王冠、一手持着权杖的国王。

和平与战争

三只狗在阳光下吠叫着,这是它们在交谈。

第一只狗陶醉地说:"生活在狗王国的时代真是奇妙!想一想我们在海底、在陆上,甚至在空中旅行有多便利;再想一想有那么多的发明旨在给狗类带来舒适,旨在娱乐我们的五官,岂不来劲?"

第二只狗说:"我们是尤其爱好艺术的;我们对月亮的吠叫,比我们的祖先更有节奏;我们看自己在水中的容貌,也比昨天更为清晰。"

第三只狗说:"而我更感兴趣的,却是狗王国里的相安无事,彼此谅解。"

恰在此时,嗨,它们发现一位猎狗人在往这边靠近!

三只狗在街上上蹿下跳,夺路而逃。逃跑中第三只狗叫着:"看在大海面上,赶快逃你们的命吧,文明在后面追来了!"

雕　像

从前，一位山里人家里有座雕像，是古代一位大师的杰作。雕像头冲下扔在家门口，山里人毫不在乎。

有一天，一位城里人路过山里人的家门，他见多识广，一见雕像，就问主人是否愿意出售。

山里人笑了起来："谁会买这块又脏又蠢的顽石？"

城里人说："我愿意出一个银币买下。"

山里人很惊奇，转而高兴起来。

雕像放在象背上驮着，运到了城里。

几个月之后，山里人进城，走在街上见一家商店门前人头攒动，还有一人在大声吆喝："进来，进来，看一看全世界最漂亮、最精彩的雕像！两个银币，就可以一睹大师的杰作！"

山里人也掏出两个银币，去看他自己以一个银币卖出的雕像。

交 换

从前,一位穷诗人和一位蠢阔佬在岔路口巧遇,他们交谈起来,但话不投机,越说心里越别扭。

这时,守路的天神经过,他用手在两人肩头各拍一下,奇迹就发生了:两人顿时交换了各自拥有的东西。

他俩分道扬镳。可是奇怪:诗人一睁眼,发现抓在手里的,唯有下漏的黄沙;蠢阔佬一闭目,觉得心头只塞满大块乌云。

疯 人

在疯人院内的花园里,我碰到一个年轻人,苍白又让人怜爱的脸上,充满疑惑。

我在他身边的凳上坐下,问:"为什么你在这儿?"

他惊奇地看着我,答道:"这个问题不太合适,但我还是回答你吧。我父亲要我做个跟他一样的人,我叔叔则要我跟他一样,母亲要我模仿她杰出的父亲,姐姐却把她航海的丈夫当作我的最高榜样,哥哥又要我学他那样,做个出色的运动员。

"我的老师们,那些文学博士、音乐大师、逻辑学家等等,也都决意要我像他们在镜子里的照影一样,同他们如出一辙。

"所以我来到此地,我发现这里更健全,至少,我能成为我自己。"

忽然,他转过身来问我:"告诉我,你是否也为逃避别人的教诲和忠告,才来到此地?"

我回答:"不,我是个参观者。"

疯人喊了起来:"噢,你也是住在大墙外边疯人院里的人啊!"

青 蛙

某个夏日,一只青蛙对它的伙伴说:"我担心住在岸边屋子里的人们,被我们的夜歌打扰。"

它的伙伴答道:"要这么说,他们白天说话不也破坏了我们的宁静吗?"

"别忘了,我们在夜里或许真唱得太多了。"

"也别忘了他们在白天啰啰嗦嗦、大叫大嚷,难道不过分吗?"

"我们的牛蛙①一扯起嗓子,可真要闹得鸡犬不宁,上帝也不会容许啊!"

"嗨!那岸上冒出的什么政治家、牧师、科学家,他们刺耳的鼓噪铺天盖地,你该怎么说呢?"

"好了,我们要比人类姿态高一些嘛。让我们在夜里安静一下,把歌留在心里,虽然月亮在企盼我们的旋律,星辰在期待我们的奏鸣。至少,让我们安静一夜,或者两三夜。"

"很好,我同意。看看你的好心肠会有什么结果吧。"

当天夜里,青蛙们果然停止了歌唱;第二天、第三天也保持了沉默。

---

① 牛蛙,蛙的一种,身体远比普通青蛙大,叫声如牛,故名。

说来也怪,湖边住家那位爱唠叨的女主人,第三天吃晚饭时对着丈夫埋怨:"我一连三夜没睡好了。听着青蛙叫,我睡觉就安稳。现在准出什么事了,青蛙已经三天没有响声。睡眠不好,我快要发疯了。"

青蛙听到此话,眨着眼睛对伙伴说:"这样沉默下去,我们也要发疯了,对吗?"

它的伙伴答道:"对,在夜间沉默于我们实在是重负。我现在知道,既然有人要用噪音填补空虚,为了他们的舒适,我们没有必要停止歌唱。"

是夜,月亮终于企盼到了青蛙的旋律,星辰也等到了它们的奏鸣。

法律与立法

很久以前,有一位伟大而英明的国王,他意欲为臣民制定一些法律。

他从一千个不同的部落,把一千名贤达之士召到枢密院,请他们一起立法。

立法事宜进展顺利。

现在,一千条法律最后敲定,书写法律的羊皮纸呈到国王面前。国王过目后,在内心痛哭起来,因为他不曾料到,自己的王国里竟然有一千种罪行。

于是他唤来书记员,自己面带笑容口授法律。他的法律只有七条。

这一千名贤达之士一气之下离开了国王,回到了各自的部落,随身还带着自己制定的法律,这些法律便为各个部落遵循。

时至今日,这个国家仍然立有一千条法律。

这是一个强大的国家,但国内设有一千座监狱,挤满了触犯一千条法律的男男女女。

这确是一个强大的国家,但要寻根究底,国民们却是一千个立法者和唯独一个英明国王的后裔。

昨天、今天和明天

我对朋友说:"你瞧她倒在那个男人的怀里;就在昨天,她也是这个姿势倒在我的怀里。"

朋友说:"明天,她就要倒在我的怀里了。"

我又说:"你看她坐得离那人那么近;就在昨天,她也是那么近地坐在我身边。"

朋友说:"明天,她就坐在我身边了。"

"你瞧,她从那人的杯里饮酒;昨天,她还从我的杯里饮酒呢。"

"明天,她就从我的杯里饮酒了。"

"她看那人的眼光那么含情脉脉;昨天,她也是这样看我的。"

"明天,她就要这样看我了。"

"没听到她在那人耳边低哼着情歌吗?同样的情歌,她昨天还在我的耳边哼过呢。"

"明天,她要在我的耳边低哼了。"

"看见了吗?她拥抱他了!昨天,她还拥抱过我呢。"

"明天,她就要拥抱我了。"

我说:"真是一个怪女人。"

朋友答道:"她像生活一样,为所有人拥有;她像死亡一样,征服所有人;又像永恒一样,拥抱所有人。"

隐居的先知

从前有一位隐居的先知,每个月他都要去城里三次,在街市上向人们宣讲施舍与均等的道理。先知的演讲有声有色,因此闻名遐迩。

一天夜晚,先知的隐居地来了三个人,他迎接了他们。他们对他说:"你一直在宣讲施舍与均等,一直设法教育富人赈济穷人,我们相信你的名声定然给你带来了财富。现在,请把你的财富献给我们,我们落魄了。"

先知答道:"朋友们,我的家产只有这一张床、一席草垫、一只水罐,你们想要就拿走吧,金银财宝我没有。"

三人听罢,鄙视地瞪着他,然后扭头便走。走在后面的一人在门口停住,骂道:"骗子!伪君子!你教导别人头头是道,自己却不去身体力行!"

两 首 诗

很多个世纪以前,两位诗人相遇在通往雅典的路上,他俩都为这次邂逅而高兴。

诗人甲先问:"你最近写了些什么?用竖琴弹奏出来怎样?"

诗人乙自豪地回答:"我刚刚完成了一首杰作,或许是希腊有史以来最伟大的诗歌。这是一首赞美至高的宙斯神的颂歌。"

说罢,他从斗篷里掏出一卷羊皮纸稿:"你瞧,我随身带着呢,我很乐意给你朗诵。走,到柏树的阴凉下坐坐。"

他朗读了自己的诗,这是一首长诗。

诗人甲听后称赞说:"真是好诗!它必将流传后世,为你带来荣耀。"

诗人乙问道:"你最近写了些什么?"

诗人甲说:"我写得很少,只有八行短诗,怀念一位在花园嬉游的孩童。"然后他背诵了这首短诗。

诗人乙听后说:"还不赖,还不赖。"

两人就此告别分手。

两千年过去了。现在,诗人甲的八行短诗已经妇孺皆知,深受人们的喜爱和珍视。

另一首长诗,也的确在图书馆里、在学者的书阁里保存了下来,不至于失传;但却无人喜爱,无人诵读。

一神与多神

在基拉菲斯城里,一位诡辩家站在圣殿的台阶上宣称:"天上有多位神灵。"听众们便想:"这不新鲜,神灵们不就是与我们同在的吗?不就在永远相随我们吗?"

之后不久,另一个人在街市上对人们宣称:"神是不存在的。"许多人听后很是欢喜,因为他们惧怕神灵。

又一日,城里来了一位口才极好的人,称:"神灵只有一位。"人们非常沮丧,因为他们内心畏惧一神的判决胜过多神判决。

就在这同一时节,又来了一人对人们说:"神灵有三位,他们如同一体寄身风中,他们的母亲又是其伴侣和姊妹,她是宽宏又慈祥的。"

众人放心了,私下说:"三位神灵虽为一体,判决我们的弱点时总有分歧;还有,他们慈祥的母亲肯定会替我们这些弱者说情。"

时至今日,基拉菲斯的人们还在争论不休——为多神还是无神,为一神还是三神一体,为三神的慈母而争论不休。

权　杖

国王对王后说:"夫人,你实在算不上王后;那么粗俗无礼,你不配做我的内助。"

王后说:"先生,你自以为国王,其实不过是可怜的应声虫。"

国王听罢大怒,操起金铸权杖朝王后劈头打去,正中她的前额。

恰在此时,侍从长走了进来,他说:"息怒!息怒!陛下,这权杖出自世上最伟大的工艺大师之手,您和王后有朝一日会被人忘却,而它却将永存,作为艺术品代代相传。现在您用权杖沾了王后的头血,它必将身价倍增,更值纪念。"

道　路

一位妇女带着儿子住在山里,孩子是母亲的长子,也是她的独子。

后来孩子发高烧死去,临死前医生也在旁边。

妇人痛不欲生,对着医生哭喊道:"告诉我,告诉我,到底是什么使他不再蹦跳,不复歌唱?"

医生回答:"是高烧。"

"高烧是什么?"

"我解释不了,但可以说是一种进入人体的极小的东西,我们用肉眼看不见它。"

医生走了,妇人还在自言自语:"极小的东西,我们用肉眼看不见它?"

傍晚时牧师过来安慰她,她又哭着向牧师问道:"哇!为什么让我失去儿子,我的长子,我的独子?"

牧师答道:"孩子,这是上帝的旨意。"

"上帝是谁?他在哪儿?我要见见上帝,在他面前撕破我的胸膛,将我心头的血泼在他的足前。告诉我,上哪儿去找上帝?"

"上帝是至大的,我们用眼睛见不到他。"

妇人大哭起来:"极小的奉了至大的旨意,害死了我的儿子！那我们算什么？我们是什么？"

这时,妇人的老母亲走进屋子,带来死去孩子的殓衣。她听见了牧师的话和女儿的哭诉,于是放下殓衣,抓起女儿的手,说道:"女儿呀,我们是那极小的,也是那至大的;我们是两者之间的道路。"

树　影

六月的一天,小草对一棵榆树的树影埋怨:"你老是左摆右晃,搅得我不得安宁。"

树影答道:"不是我,不是我。抬头看看,是一棵树被风吹着,在天地之间东摇西摆。"

小草向上仰视,头一回看到了树,心想:"哟,还有比我更大的草呢!"

小草沉默了。

发现上帝

两个人在山谷里走路,其中一人手指着山边,问道:"看见那座茅庐了吗?有个人与世隔绝,长住其间。他在寻找上帝,对世间万物视如敝屣。"

另一个人说:"他不会发现上帝的,除非他离开茅庐,结束孤独的隐居生活,回到世间与人们同乐共悲,在婚筵上与舞者共舞,在葬礼上随死者灵柩旁的哭者一起恸哭。"

第一个人虽觉此言不错,但还是说道:"我赞成你说的一切,但我相信这位隐士是个好人。做一个真善的遁世者难道不胜过许多伪善的凡夫俗子吗?"

两位猎人

五月的一天,"乐"与"哀"在湖畔相遇。他俩互致问候,然后在静静的湖畔坐下交谈。

"乐"谈起了大地上的美物,谈起了在林间山中每日生活所经历的奇遇,还谈起黎明和薄暮时听到的清歌。

"哀"说话了,他赞同"乐"说的一切,因为"哀"也知道时光的魅力和美丽;"哀"谈起林间和山中的五月春光时娓娓动听,令人神往。

"乐"与"哀"谈了很久,他俩的所见无不相同。

这时,湖对面来了两位猎人,他俩盯着对岸,其中一人问道:"那两个人是谁呀?"另一人却说:"哪里来的两个人?我只看到一个嘛。"

第一个猎人又说:"是两个人呀。"

第二个猎人说:"我只看到一个人,湖里的倒影也是一个。"

"不,明明是两个人,静静的湖面上也是两个人的倒影。"

"确实只有一人。"

"我看得清清楚楚是两个人。"

时至今天,一个猎人说对方看花了眼;另一个却说:"我的朋友有点瞎眼。"

另一个游子

有一次,我碰到另一个路人,也有些疯癫的样子。他对我说:"我在四处周游,经常感觉自己行走在侏儒群中,我要比人们高出七十腕尺左右,这常常带给我更高超、更自由的思想。

"事实上,我不是行走在人群中,而是行走在人们之上。他们所能见的一切,只是我留在他们旷野里的足印。

"我每每听到人们为这足印的形状、大小众说纷纭。有人说:'这是远古的猛犸①周游大地的踪迹。'又有人说:'不,这是高空中的流星陨落的地方。'"

"可是你,朋友,分明知道这不过是一个游子的足印。"

---

① 猛犸,古哺乳动物,大小、形状近似现代的大象。

大　地　神

薛庆国　译

当第十二个兆年的夜晚降临,
当寂静,这夜的高潮,淹没了群山,
三位大地出生的神灵,生命的主宰巨人,
出现在山脉的峰峦。

江河在他们的足下流淌,
雾霭飘过了他们的胸膛,
他们的头威武地昂起在世界之上。

他们开始说话,有如远方的惊雷,
他们的话音震撼了平川。

甲　神

风向东方吹去,
我要把脸掉转向南,
因为我闻到随风飘来死尸的臭气。

乙 神

这是肉体焚烧的芳香,甜美而浓烈,
我乐意在这芬芳里呼吸。

甲 神

这是死神在自身的微火上烤出的气味,
弥漫在空中令人窒息,
有如地狱飘出的恶臭,
它令我心烦意乱,
我要把脸向没有气味的北方掉转。

乙 神

这是多虑的生命燃烧时的芬芳,
我要在此呼吸,并愿长此以往。
神灵依赖着祭品为生,
他们饮鲜血以解干渴,
又用青春的灵魂充填饥肠;
与死神为伴者不死的叹息,
令他们的肌腱变得坚强,
他们的宝座建筑在百代的灰烬之上。

甲　神

我的灵魂已对万物感到厌烦,
挥一臂以造世界,或者将其毁灭,
我都懒得去干。
若能死去,我愿不再生存,
因为万古的积重令我不堪负荷,
大海无休止的呜咽惊扰着我的睡眠。
但愿我能忘记最初的目的,
如废弃的太阳一般陨灭;
但愿我能摆脱神性的意义,
将我的永生吐入宇宙,
让自己无影无踪。
但愿我被耗尽,从时间的记忆里销匿,
遁入乌有的虚空!

丙　神

请听,我的兄弟们,我远古的兄弟们!
在远方的山谷,有一位青年,
正向静夜吟唱他的衷肠,
他的竖琴是由黄金和乌檀做就,
他的歌声犹如银铃金钟般脆亮。

乙　神

我不会如此虚无，竟想化为乌有，
我只能选择最艰难的道路：
追随季候，维护岁月的威严，
播撒种子，看幼苗破土而出；
召唤花朵跃出僻隐的角落，
给它力量，让它将自己的生命哺育，
又在林间风暴大笑时把它拔除；
让人类升起，脱离幽冥的黑暗，
又让他的根须紧恋着泥土，
令他对生命产生渴求，却让死神为他斟酒；
为他赐予爱情，让爱伴着痛苦兴盛，
携着愿望飞扬，又随思念增长，
并在第一次拥抱后萎枯；
用更高远白昼的梦包围他的夜晚，
向他的日子输入酣喜之夜的梦幻，
又限制他的白昼和夜晚，
让日日夜夜雷同一致，循环往复；
使他的幻想似山中兀鹰般逍遥，
令他的思绪如海上卷起的风暴，
却又给予他优柔寡断的双手，
他的脚步也谨小慎微，逡巡踟蹰；
给他欢乐，让他在我们面前高歌，
予他忧愁，使他对我们有所吁求，

一旦大地饥饿时为觅食喊叫,
便要令他倒下折服;
让他的灵魂高翔于天宇之上,
得以先尝我们明日的滋味,
却让他的身躯在泥潭匍匐,
令他对自己的昨日铭心刻骨。

我们将如此控驭人类以至万古,
支配他随母亲的尖叫而始的气息,
直到最终子女们为他哀悼恸哭。

甲　神

我的心饥渴,但我不饮荏弱之民的贫血,
因为那杯盏肮脏,那苦酒难以下咽。
我和你一样,曾把黏土捏成有呼吸的生灵,
它们从我指间蠕动,进入沼泽和群山。
我和你一样,曾点燃太初生命黑暗的深潭,
目睹生命从洞穴向高岩攀缘。
我和你一样,曾把美丽的事物遍布春天,
只为诱惑年轻人,支配他生息繁衍。
我和你一样,曾将人类引往圣殿神宇,
把他们对幽冥之物无声的畏惧,
转为对素昧平生的我们战栗的信念。
我和你一样,曾以狂飙驾驭他的头脑,
让他对我们弯腰屈膝,

325

又摇撼他足下的土地,令他向我们哭喊。
我和你一样,曾卷起惊涛袭击他的栖岛,
直至他在哀求声中命赴黄泉。
我做过这一切,还有的不胜枚举,
我做过的一切都是虚空枉然。
枉然的是醒觉,虚空的是睡眠,
三倍虚空加枉然的便是梦幻。

丙 神

兄弟们,我威严的兄弟们,
在下界桃金娘开放的花丛,
有位姑娘对着月亮起舞,
她头发上有一千颗闪着星光的露珠,
她步伐间有一千个翅膀在扇扑。

乙 神

在第一个黎明绛紫色的雾霭里,
我们种下人,我们的葡萄树,又耕耘土壤;
我们目睹纤弱的树枝长大,
在没有季候的岁月,日复一日,
我们培育着嫩叶生长。
我们保护花蕾不受恶劣环境的侵害,
又避开黑暗的幽灵,把花朵悉心护养。
而今葡萄树已结满葡萄,

你却不愿采撷酿酒,舀饮满杯的醇酿。
谁的手比你更有力量,更配收获这果实?
等待这酒的结局,有何比解你干渴更高尚?
人,是为神灵备的食物,
人的荣耀乃是始于
他盲目的气息吸进神灵圣洁的口腔。
人类的一切若止于人间便毫无价值,
孩童的天真,青年甜美的酣喜,
刚毅的中年的激情,老者的智慧,
君王的显赫,战士的凯旋,
诗人的名望,空想家和圣人的荣誉,
这一切的一切,都是供给神灵的食粮。
这食粮只会成为粗陋的糟粕,
若不经神灵放到嘴里品尝。
正如无声的谷子被夜莺吞下便化为恋歌,
人只有做神的食粮,才能品试神性的感觉。

甲　神

哀哉,人成了神灵的食肴!
人的一切都要上到神永恒的餐桌!
怀胎的痛苦,行将分娩的艰难,
刺破赤裸之夜的婴儿盲目的啼哭,
为挤出生命的乳汁精疲力竭,
又抵抗着瞌睡诱惑的母亲的苦楚,
备受折磨的青年灼热的气息,

未宣泄的激情在重荷下的啜泣,
开垦荒地的成年人滴汗的额头,
力不从心时苍白的暮年的悔悟,
都在呼叫着坟墓。
看哪,这就是人!
他是饥渴中孕育的生命,却做了饥渴神祇的食物,
是尘土里爬伸的蔓藤,而踏在不死之死神的脚下,
是魔影幢幢的夜里绽开的花朵,
是悲哀的日子、恐怖和耻辱的日子结出的葡萄,
然而你却要我吞食,啜饮!
你要我坐在披着尸衣的面孔中间,
从又冷又硬的嘴唇吸取生命,
从枯萎的手中获得永生?!

丙 神

兄弟们,我可畏的兄弟们!
那青年的歌声愈加深情,
他的歌喉愈加高亢,
他的歌声震撼了森林,
刺破了青天,
把大地从睡眠中惊醒。

乙 神(总是不听不闻)

蜜蜂在你耳边刺耳地嗡叫,

蜜糖在你尝来也有腐臭的味道,
我真愿给予你安慰,
但是如何才能做到?
当神灵相互呼喊,只有深渊倾听,
因为神灵之间有着无量的巨隔,
相距的空间无风而缥缈,
然而我还是要给你安慰,
廓清你四周密布的愁云;
虽然我们有同等的力量和判断,
我仍要向你提出忠告。

当大地脱离混沌而呈现,我们,鸿蒙的子嗣,在无欲之光里见到彼此。我们首次吐出沉寂而战栗的声息,加速了空气和海水的流动。

然后我们携手共步,行走在初生的晦暝的世界上。自我们最初慵懒的足音发出的回声里,诞生了时间,这第四位神灵。他的脚步履在我们的足印之上,他的身影投射着我们的意愿与思想,他只有借我们的眼睛才能睹物察望。

生命驾临了大地,精神,这宇宙里有翼的旋律,降临了生命。我们支配着生命与精神,除了我们,再无人知道岁月的久远,及世代相续的朦胧之梦的积重。及至第七个兆年正午的高潮时,我们将大海出嫁给太阳。

自它们新婚酣畅的洞房里,我们令人类登场,这生灵虽则柔弱,却永远带着家系的印记。

通过足履平地却目视群星的人类,我们发现通往大地上遥远之邦的路径。我们还把人——这滋生在污水之畔的不起眼的芦苇,做成一管长笛,从空空的笛心里,我们把声音吹送到万籁俱寂的世界。
　　从日照不到的北国到南方灼热的沙洲,
　　从诞生白昼的莲花之乡,
　　到戮杀白昼的险恶之岛,
　　懦弱的人,在我们的授意下变得鲁莽,
　　拿着竖琴和刀剑冒险闯荡。
　　他宣告的无非是我们的意愿,
　　他声明的无非是我们的王权,
　　他的爱之路是流向我们愿望之海的河流。
　　我们在高空,在人的睡眠中做我们的梦。
　　我们促使他的白昼离开黄昏的山谷,
　　让他登上山巅,追求自我的成熟。
　　我们的手驾驭着席卷世界的风暴,
　　把人类从乏味的和平引向多姿多彩的战斗,
　　直到获胜把凯歌高奏。
　　我们的目光能把人的灵魂化为火焰,
　　能领他体验高贵的孤独和叛逆的预见,
　　最后让他在十字架上升天。
　　人生来便为承受奴役,
　　奴役中有他的光荣与酬报。
　　我们在人间寻找为我们代言的人,
　　我们在他身上求得自身的完善。
　　倘若人心因蒙了尘土不能听闻,
　　谁的心会回响我们的话声?
　　倘若人的双眼被夜色蔽障,
　　谁来目睹我们的光芒?

对于人,我们最初心中的孩子,
我们自身的形象,你欲如何处置?

丙　神

兄弟们,我强大的兄弟们!
那舞者的步伐已被歌声陶醉,
令空气也为之震颤,
她的双手像飞鸽一般向上伸展。

甲　神

云雀在对云雀召唤,
而兀鹰却在高空盘旋,
并不停下听云雀的歌唱。
你教我在人的膜拜里完成自爱,
从奴役人类中踌躇自满。
然而我的自爱无穷无限,
我要从我地上的遗骸中高高升起,
在天堂里登峰造极。
我的双臂要环绕宇宙包容空间,
我要把星河引为弩弓,
把彗星当作矢箭,
凭着无穷我要去征服无穷。
可是你不愿如此,纵然这是你力所能及,
因为正如人与人各个不同,

神灵与神灵也彼此相异。
可不,你要让我疲瘁的心灵,
再忆起雾霭中消逝的往昔,
忆我的灵魂在山中寻觅自身,
我的眼睛在死水中追寻倒影;
可我的昨日刚出生便已死去,
只有静寂才探访她的子宫,
风儿扬起泥沙栖止在她怀中。
呵!昨日,死去的昨日,
我受羁之神性的母亲!
哪一个超神在飞翔时把你擒获,
让你在牢笼中繁衍子息?
哪一个巨大的太阳温暖了你的胸膛,
让你将我生养?
我不愿祝福你,但也不把你诅咒,
因为我也让人类荷起重负,
正如你将生活的重担压我肩头。
不过,我没有那么残酷,
我虽不死,却让人类成为过眼的掠影,
你垂死之时,却孕怀了长生不灭的我。
昨日,死去的昨日!
你会随遥远的明天回来吗?
我要带你去接受审判。
你会随生命的第二个黎明醒来吗?
我要把你迷恋大地的记忆从大地割断。
但愿你能伴往昔所有的死者复生,

让土地被它自己的苦果窒息，
让大海因充斥着尸体而停滞，
让接踵而来的灾难耗尽大地无益的膏腴。

丙　神

兄弟们，我神圣的兄弟们！
那姑娘已听到了歌声，
现在她正把歌声寻找。
犹如幼鹿得了意外的惊喜，
她在岸石上、在溪流畔欢跳，
旋转着舞步，目光左顾右盼。
呵！多么令人赞叹——这人间的欢欣，
这期待初露端倪的心愿的眼睛，
还有挂在唇间的微笑，
因为先尝了允诺的欢乐而抖颤！
是什么花儿自天堂飘临，
是什么火焰从地狱升起，
令那静寂的心田惊醒，
屏声息气地体验欢乐，有时又忐忑不宁？
我们在高空做的是什么梦幻，
我们寄在风中的是什么思想，
竟然唤醒了昏睡的幽谷，
又让夜晚成为不眠的时光？

乙 神

这神圣的机杼已经给你,
还有那编织衣物的技艺,
这机杼和技艺永远是你的财产,
还有暗淡与明快、紫色与金色的丝线。
然而你如此吝惜,不愿为自己织衣。
你的双手曾用火与新鲜的空气,
编织成人类的灵魂,
而今你却要割断丝线,
让你的巧手永久地赋闲。

甲 神

不,我要将手伸向尚未定型的永恒,
在未踏过的处女田里留下我的脚印。
耳熟能详的歌曲能有什么乐趣?
强记的耳朵捕捉到的旋律,
岂不都已吐出在风中散逸?
我的心思慕它不曾孕怀的一切,
记忆不会栖身的未知的东西,
才是我遣使灵魂前往的目的。
呵!莫以鬼迷心窍的荣耀将我诱惑,
不必费心用你我的梦想把我慰藉,
因为我的所有,这大地上的万物,

以及将有的一切,都不能让我的灵魂着迷。
呵,我的灵魂!
沉寂便是你的面孔,
夜晚的幽灵在你眼里酣睡,
但可怕的是你的沉寂,
你令人生畏。

丙　神

兄弟们,我严肃的兄弟们!
那姑娘已发现了歌手,
看到他脸上喜气洋洋。
她以猎豹一般轻捷的步伐,
在瑟瑟的葡萄藤边、在草地上跳跃。
现在那歌手正热切地呼唤,
以出神的目光盯着姑娘。

噢,我的兄弟们,我漫不经心的兄弟们!
是不是别的什么神灵怀着激情,
织出了这红白相间的彩帛?
是哪一颗不羁的星星偏离了轨迹?
是谁的秘诀分开了黎明和黑夜?
是谁的手在把握我们的世界?

甲　神

啊,我的灵魂,我的灵魂,
你这包围着我的燃烧的星体!
我该如何驾驭你的走向,
该把你的热望引向何方?

啊,我的孤身无伴的灵魂!
在饥饿时你会把自己当成猎物,
也会饮自己的眼泪消解干渴,
因为黑夜不在你杯中蓄聚她的清露,
白昼也不会为你带来甘果。

啊,我的灵魂,我的灵魂!
你搁浅的帆船满载了愿望,
哪里来的劲风鼓满你的船帆?
有什么大潮可把你的船舵释放?
你的锚已拔起,你的翼只待展开,
然而头上的天空悄无声息,
平静的大海讥笑你不能出航。

什么才是你我的希望?
世道如何变迁,天堂里有什么新旨意,
才会把你眷顾?
那"无穷"处女的子宫,

是否孕怀着你的救主——
那比你的梦想更非凡的强者，
是否要伸手拯救你脱离桎梏？

乙　神

停止你那令人厌烦的哀叹，
憋住你燃烧的心中发出的呼吸，
因为"无穷"的耳朵是聋耳，
天空对一切都不会在意。
我们便是他乡，我们高高在上，
在我们与无限的永恒之间，
只有我们未成形的激情，
只有源于激情的动机。

你在祈求未知，
而未知被运行的雾霭遮蔽，
正栖身于你自己灵魂的深处。
是的，你的救主在你灵魂里睡眠，
在睡中看到你醒觉的眼睛无视的事物。
这便是我们存在的奥秘。
难道你要放弃未敛起的收获，
匆匆去梦中的垄上播种撒谷？
何以你要将云朵遍覆人迹罕至的荒野，
而你自己的羊群却在把你寻觅，
欲在你的凉荫里围聚歇足？

你要克制,俯视你下面的世界,
看看你的爱产生的未断奶的孩子。
大地是你的住所,大地是你的宝座,
在人类最迢远的希望的上空,
你的手支配着他们的命数。
人类孜孜以臻你的境界,饱尝欢乐与痛苦,
你不会将人类遗弃,
你不会对人类眼中的需求扭头不顾。

甲　神

难道黎明会把黑夜的心抱在心头?
难道大海会关心海里漂浮的尸首?
我的灵魂如黎明一般在体内上升,
无牵无挂,而又赤身裸体;
又如奔腾不息的大海,
我的心把泥渣和人的遗骸丢弃。
那固守我的,我必不固守,
而高高在上无法企及的,才会把我唤起。

丙　神

兄弟们,看哪,我的兄弟们!
他俩相会了,两颗情系星辰的灵魂在天上邂逅,
两人无言地凝眸注目。
他停下了歌唱,

可他被太阳燃起的喉咙还在因歌声颤动；
她身体的欢舞已经停住，
只是停住而非入眠蛰伏。

兄弟们，我怪异的兄弟们！
夜色已经变浓，
月光愈加皎洁。
在牧场与大海之间，
一个欢乐的声音正将你我召唤。

乙　神

让我们生存，奋起，在炽热的太阳下燃烧，
让我们活着，守望众生的夜晚，
犹如猎户星的眼睛将我们守望！
让我们高昂起顶着桂冠的头颅，迎接四方来风，
让我们以没有涨落的呼吸，治愈人类的病痛！
做帐篷的人坐在机杼前郁郁寡欢，
制陶器的人将陶盘不经心地旋转；
可我们，全知全觉的无眠的人们，
已经超脱了猜测和偶然的摆布，
我们毫不踌躇也不等待思忖，
我们不屑做无休止的探问。
让我们心满意足，让梦想远远离开，
让我们如江河一般流入海洋，
又不被礁石的棱角碰伤；

当我们抵达海中与海水融汇,
我们再不会争论,为明天冥思苦想。

甲　神

哀哉,这无休止的预测!
哀哉,这日复一日的守望:将白昼交付黄昏,
又把黑夜交给下一个清晨!
哀哉,这永远回忆又永远遗忘的潮浪!
这命运的种子不断播撒却永远不收获希望!
这乏味的自我的攀升:从尘土升入雾霭,
然后眷恋尘土,在眷恋中坠入尘土,
又怀着更大的眷恋追寻雾霭!
哀哉,这无尽无休对时间的计量!
是否我的灵魂定要成为海洋,让海浪搏
　　击卷起怒涛?
或是成为天空,任鏖战的天风化作狂飙?

假如我是人,一块蒙昧的碎片,
我就会对此耐心地承受;
再假如我是至高无上的天神,
充塞了人类和众神的虚空,
我也实现了我的所求。
可是你我既不属于人类,
又不是上方至高的天神。
我们只是天地间的暮霭,

升起而又消隐,周而复始;
我们只是支配世界,又受世界支配的神祇,
只是吹奏号角的命运之神,
而那气息和乐调都来自天际。
我要反抗!
我要把自己耗为空虚一场,
我要从你的视线里隐没,
从我们的小弟、这沉默的青年记忆中消失。
瞧他坐在我们身旁,正向远处的山谷凝望,
他的嘴唇在动,可是没发出一点声响。

丙　神

我在说话,我不经意的兄弟们!
我真的是在说话,
但你们只听到自己的话音。
我让你们看看我们大家的荣耀,
可你们转过身子,闭上眼睛,
把你们的宝座摇个不停。
你们两位想做执掌上界和下界的君主,
你们自顾自怜,你们的昨天总是为明天猜忌,
你们厌倦自我,总想用言辞发泄你们的怒气,
用雷电轰击我们的天地。
你们的争执不过是旧琴发出的余音,
"他"的手指已将那琴弦遗忘殆尽。
"他"用猎户星作竖琴,昴星团是"他"的铙钹。

就是现在,当你们叽叽喳喳、大吵大嚷,
"他"的竖琴在弹奏,铙钹在铿锵作响,
我恳请你们聆听"他"的歌唱!

看哪!男人和女人,
火焰迎着火焰,
陶醉在销魂的白光里。
他们是根须,吮吸绛紫的大地的胸乳,
是炽热的花朵,开放在天空的怀中。
我们便是那绛紫的胸乳,
我们便是那不朽的天空。
你我的灵魂,即那生命之魂,
今夜要在炽烈的喉咙里栖身,
要为一位姑娘的玉体披上波光粼粼的衣裙。
你们的权杖改变不了这天意的安排,
你们的厌倦不过起因于奢念。
你们的私欲,此类的一切都会被屏弃,
在一对少男少女的激情里消失。

乙　神

咳,男人和女人的这种爱情算什么!
瞧这东风以翩跹的步伐起舞,
西风拂起,唱的歌曲又是多么动听!
瞧我们的神意现已登峰造极,
向舞动的肉体歌唱的灵魂已经称臣。

甲　神

我不会掉转目光俯瞰大地的轻狂,
不愿看大地的子女忍受你称为"爱情"的
　　漫长的痛苦。
什么是爱情?
无非是闷声的鼓将列成长队的甜蜜的苦衷,
引向另一场痛苦,缓慢而深重!
我不愿俯身去看下界,
那里有什么值得观望?
无非是一男一女厮守在林中,而生长的树
　　林将成为他们的罗网,
将要迫使他们弃绝自身,
为我们未降生的明天繁衍后人!

丙　神

唉,有知是多么令人苦恼!
我们覆盖世界的穷究与疑问的帷幕,
不透星光,多么令人烦扰!
对人类忍力的挑战又是多么无聊!
我们在石头下放置一尊蜡像,
我们说:这是泥土捏成的东西,
让它在泥土中了结自身。
我们手执一团白色的火焰,

然后在心里自言自语:
这是我们的一部分在回归自己,
它原是我们气息中一股逃逸的气息,
而今为寻芬芳,又萦回在我们的手掌与唇际。
大地的神灵,我的兄弟们,
我们虽然在山峦上高踞,
可通过人类——他们向往命运中金色的时辰,
我们依然与大地难舍难分。
我们的智慧难道能把美从人的眼中夺去?
我们的算计难道能将他的激情制服平息?
或让他对我们的怨怒低头服小?

在爱的军团安营扎寨的地方,
你们理念的大军能有什么力量?
那被爱情驾驭的人们,
爱的战车在他们身上驰骋,
从大海到山岳,又从山岳向大海奔腾。
——就是他们,正在含羞地依偎拥抱。
花瓣贴着花瓣,他们呼吸着圣洁的芳香,
灵魂依偎灵魂,他们发现了生命的真谛。
他们的眼睑间流露出祈求,
这是对你我的殷殷恳求。
爱情是向神圣的闺房折腰的静夜,
是变成草场的天空,是化为萤火虫的群星。
不错,我们确实身处彼乡,
我们确实高高在上,

但是爱情凌驾我们的疑问,
爱情在我们的喧歌之上翱翔。

乙 神

难道你要追寻一道遥远的轨迹,
而忘了我们身处的这个星球,
才有你汲取力量的根基?
宇宙中唯一存在的中心,
便是自身与自身婚配的场地,
美就是婚礼上的证人和祭司。
看吧,美丽的事物在我们的足旁遍布,
美充满我们的双手,又让我们羞于启齿。
那最遥远的其实距我们最近,
美之所在,万物与之同在。

喂,狷傲地做着幻梦的兄弟,
从时间的晦暝的边缘归来!
从"无地"与"无时"中挪开你的双脚,
和我们一同住进这安宁的所在——
当初我们曾携手并力,
一砖一石将这住所兴盖。
脱掉你冥思苦想的罩衣,
陪伴我们,执掌这翠绿而温馨的年轻大地!

甲　神

永恒的祭坛！你今夜是否真要
以一个神祇来作献祭？
那么，我来了，
我来献出我的激情和苦痛！
瞧！这是那舞者，是用我们古老的热望雕成，
这是那歌手，他把我的歌向风儿吟唱。
在这舞蹈与歌声里，
我身内的一位神已被戮杀。
我凡骨里的神灵之魂，
对我在空中的神灵之魂高喊；
折磨我的凡心在呼唤神性，
我们自初便寻求的美，
也向神性发出召唤。
我听到了呼唤，我思量又权衡，
现在我作出顺应，
因为美能把灭杀自我的道路指引。
请把你的琴弦拨响！
我要走上这条道路，
走上这永远通向新黎明的征途。

丙　神

爱情无往不胜！

在湖畔流连的爱情无论绿意盎然或纯真洁白,
高傲而庄严的爱情无论光临高塔或阳台,
相爱不论是在花园或在人迹罕至的大漠,
爱总是我们的导师和主宰。
爱情不是放纵的肉体的衰朽,
不是与自我较量后欲望的破碎,
也不是肉体对灵魂兴师问罪。
爱情不是叛逆,
爱情不过告别了宿命中的旧路,
　踏入圣洁的丛林,
只为载歌载舞,将秘密向永恒倾诉。
爱情是挣断了锁链的青年,
是从泥土中得到解放的男子汉,
是从火焰中获取温暖的女性,
映照着比我们的天空更深远的天空的光明。
爱情是灵魂里一声遥远的欢笑,
爱情是令你惊醒的迅猛一击,
爱情是大地上呈现的新的曙光,
是尚未在你我的眼睛里实现的白昼,
但已实现在自己更博大的心头。

兄弟们,我的兄弟们!
新娘从黎明的中心来了,
新郎从黄昏的夕阳里走来。
在这山谷间要举行一场婚礼,
这伟大的日子言语难以录记。

乙　神

自从第一个早晨将平原注入山峦与河谷，
情况便是这样，
并将继续这样，直至最后一个日暮。
我们的根生长出山谷里起舞的枝丫，
我们是怒放的花朵，吐出芳香的歌曲朝
　　顶峰袅袅而上。
永生与死亡，两条孪生的河流在向大海呼唤，
在呼唤与呼唤之间并无隙地，
只有耳朵中才存在空隙。
时间让我们对听觉更有信心，
并为这听觉添加了愿望。
唯有对死亡的怀疑才使声音静寂，
而我们却已超脱了怀疑。
人是我们年轻的心灵生下的孩子，
人是缓慢而起的神祇，
在他的欢乐与痛苦之间，
我们躺倒入睡，在梦乡里安眠。

甲　神

任那歌手去喊叫，任那舞女转个没完，
让我舒服地过一段时间，
让我的灵魂今夜得到平安。

或许我会打个瞌睡,
梦见一个更加亮堂的世界,
看到合我心意的更加夺目的生灵。

丙 神

现在我就要起来,挣脱时间和空间,
我要到未曾涉足的原野起舞,
那位舞者的脚步将随我的脚步一起翩跹。
我要在那更高的天空引吭歌唱,
有一个人声将随我的歌声一起飞扬。

我们会在黄昏的霞光里消失,
或许又在另一个世界的黎明中醒来。
然而爱情却会长存,
爱的足迹永远不会湮埋。

神圣的熔炉里烈火在燃烧,
火花四溅,每一朵火花都是一颗太阳。
我们最好明智地寻一块阴凉的所在,
让我们这些大地神入睡,
而让爱情,这人类的柔情,去做来日的主宰……

"外国文学名著丛书"书目

第 一 辑

书 名	作 者	译 者
伊索寓言	〔古希腊〕伊索	周作人
源氏物语	〔日〕紫式部	丰子恺
堂吉诃德	〔西班牙〕塞万提斯	杨 绛
泰戈尔诗选	〔印度〕泰戈尔	冰 心 石 真
坎特伯雷故事	〔英〕杰弗雷·乔叟	方 重
失乐园	〔英〕约翰·弥尔顿	朱维之
格列佛游记	〔英〕斯威夫特	张 健
傲慢与偏见	〔英〕简·奥斯丁	王科一
雪莱抒情诗选	〔英〕雪莱	查良铮
瓦尔登湖	〔美〕亨利·戴维·梭罗	徐 迟
欧·亨利短篇小说选	〔美〕欧·亨利	王永年
特利斯当与伊瑟	〔法〕贝迪耶	罗新璋
巨人传	〔法〕拉伯雷	鲍文蔚
忏悔录	〔法〕卢梭	范希衡 等
欧也妮·葛朗台 高老头	〔法〕巴尔扎克	傅 雷
雨果诗选	〔法〕雨果	程曾厚
巴黎圣母院	〔法〕雨果	陈敬容
包法利夫人	〔法〕福楼拜	李健吾
叶甫盖尼·奥涅金	〔俄〕普希金	智 量
死魂灵	〔俄〕果戈理	满 涛 许庆道

书　名	作　者	译　者
当代英雄	〔俄〕莱蒙托夫	草　婴
猎人笔记	〔俄〕屠格涅夫	丰子恺
白痴	〔俄〕陀思妥耶夫斯基	南　江
列夫·托尔斯泰中短篇小说选	〔俄〕列夫·托尔斯泰	草　婴
怎么办？	〔俄〕车尔尼雪夫斯基	蒋　路
高尔基短篇小说选	〔苏联〕高尔基	巴　金　等
浮士德	〔德〕歌德	绿　原
易卜生戏剧四种	〔挪〕易卜生	潘家洵
鲵鱼之乱	〔捷〕卡·恰佩克	贝　京
金人	〔匈〕约卡伊·莫尔	柯　青

第　二　辑

荷马史诗·伊利亚特	〔古希腊〕荷马	罗念生　王焕生
荷马史诗·奥德赛	〔古希腊〕荷马	王焕生
十日谈	〔意大利〕薄伽丘	王永年
莎士比亚悲剧五种	〔英〕威廉·莎士比亚	朱生豪
多情客游记	〔英〕劳伦斯·斯特恩	石永礼
唐璜	〔英〕拜伦	查良铮
大卫·科波菲尔	〔英〕查尔斯·狄更斯	庄绎传
简·爱	〔英〕夏洛蒂·勃朗特	吴钧燮
呼啸山庄	〔英〕爱米丽·勃朗特	张　玲　张　扬
德伯家的苔丝	〔英〕托马斯·哈代	张谷若
海浪　达洛维太太	〔英〕弗吉尼亚·吴尔夫	吴钧燮　谷启楠
哈克贝利·费恩历险记	〔美〕马克·吐温	张友松
一位女士的画像	〔美〕亨利·詹姆斯	项星耀
喧哗与骚动	〔美〕威廉·福克纳	李文俊
永别了武器	〔美〕欧内斯特·海明威	于晓红

2

书 名	作 者	译者
波斯人信札	〔法〕孟德斯鸠	罗大冈
伏尔泰小说选	〔法〕伏尔泰	傅 雷
红与黑	〔法〕司汤达	张冠尧
幻灭	〔法〕巴尔扎克	傅 雷
莫泊桑中短篇小说选	〔法〕莫泊桑	张英伦
文字生涯	〔法〕让-保尔·萨特	沈志明
局外人 鼠疫	〔法〕加缪	徐和瑾
契诃夫小说选	〔俄〕契诃夫	汝 龙
布宁中短篇小说选	〔俄〕布宁	陈 馥
一个人的遭遇	〔苏联〕肖洛霍夫	草 婴
少年维特的烦恼	〔德〕歌德	杨武能
德国,一个冬天的童话	〔德〕海涅	冯 至
绿衣亨利	〔瑞士〕戈特弗里德·凯勒	田德望
斯特林堡小说戏剧选	〔瑞典〕斯特林堡	李之义
城堡	〔奥地利〕卡夫卡	高年生

第 三 辑

埃斯库罗斯悲剧二种	〔古希腊〕埃斯库罗斯	罗念生
索福克勒斯悲剧二种	〔古希腊〕索福克勒斯	罗念生
欧里庇得斯悲剧二种	〔古希腊〕欧里庇得斯	罗念生
神曲	〔意大利〕但丁	田德望
西班牙流浪汉小说选	〔西班牙〕克维多 等	杨 绛 等
阿拉伯古代诗选	〔阿拉伯〕乌姆鲁勒·盖斯 等	仲跻昆
列王纪选	〔波斯〕菲尔多西	张鸿年
蕾莉与马杰农	〔波斯〕内扎米	卢 永
莎士比亚喜剧五种	〔英〕威廉·莎士比亚	方 平
鲁滨孙飘流记	〔英〕笛福	徐霞村

书　名	作　者	译　者
彭斯诗选	〔英〕彭斯	王佐良
艾凡赫	〔英〕沃尔特·司各特	项星耀
名利场	〔英〕萨克雷	杨　必
人性的枷锁	〔英〕威廉·萨默塞特·毛姆	叶　尊
儿子与情人	〔英〕D. H. 劳伦斯	陈良廷　刘文澜
杰克·伦敦小说选	〔美〕杰克·伦敦	万　紫　等
了不起的盖茨比	〔美〕菲茨杰拉德	姚乃强
木工小史	〔法〕乔治·桑	齐　香
恶之花　巴黎的忧郁	〔法〕波德莱尔	钱春绮
萌芽	〔法〕左拉	黎　柯
前夜　父与子	〔俄〕屠格涅夫	丽　尼　巴　金
卡拉马佐夫兄弟	〔俄〕陀思妥耶夫斯基	耿济之
安娜·卡列宁娜	〔俄〕列夫·托尔斯泰	周　扬　谢素台
茨维塔耶娃诗选	〔俄〕茨维塔耶娃	刘文飞
德国诗选	〔德〕歌德　等	钱春绮
安徒生童话选	〔丹麦〕安徒生	叶君健
外祖母	〔捷〕鲍·聂姆佐娃	吴　琦
好兵帅克历险记	〔捷〕雅·哈谢克	星　灿
我是猫	〔日〕夏目漱石	阎小妹
罗生门	〔日〕芥川龙之介	文洁若

第　四　辑

一千零一夜		纳　训
培根随笔集	〔英〕培根	曹明伦
拜伦诗选	〔英〕拜伦	查良铮
黑暗的心　吉姆爷	〔英〕约瑟夫·康拉德	黄雨石　熊　蕾
福尔赛世家	〔英〕高尔斯华绥	周煦良

书　名	作　者	译　者
月亮与六便士	〔英〕威廉·萨默塞特·毛姆	谷启楠
萧伯纳戏剧三种	〔爱尔兰〕萧伯纳	潘家洵　等
红字　七个尖角顶的宅第	〔美〕纳撒尼尔·霍桑	胡允桓
汤姆叔叔的小屋	〔美〕斯陀夫人	王家湘
白鲸	〔美〕赫尔曼·梅尔维尔	成　时
马克·吐温中短篇小说选	〔美〕马克·吐温	叶冬心
老人与海	〔美〕欧内斯特·海明威	陈良廷　等
愤怒的葡萄	〔美〕斯坦贝克	胡仲持
蒙田随笔集	〔法〕蒙田	梁宗岱　黄建华
悲惨世界	〔法〕雨果	李　丹　方　于
九三年	〔法〕雨果	郑永慧
梅里美中短篇小说选	〔法〕梅里美	张冠尧
情感教育	〔法〕福楼拜	王文融
茶花女	〔法〕小仲马	王振孙
都德小说选	〔法〕都德	刘　方　陆秉慧
一生	〔法〕莫泊桑	盛澄华
普希金诗选	〔俄〕普希金	高　莽　等
莱蒙托夫诗选	〔俄〕莱蒙托夫	余　振　顾蕴璞
罗亭　贵族之家	〔俄〕屠格涅夫	陆　蠡　丽　尼
日瓦戈医生	〔苏联〕帕斯捷尔纳克	张秉衡
大师和玛格丽特	〔苏联〕布尔加科夫	钱　诚
茨威格中短篇小说选	〔奥地利〕斯·茨威格	张玉书　等
玩偶	〔波兰〕普鲁斯	张振辉
万叶集精选	〔日〕大伴家持	钱稻孙
人间失格	〔日〕太宰治	魏大海

第 五 辑

书 名	作 者	译 者
泪与笑　先知	〔黎巴嫩〕纪伯伦	冰　心　等
华兹华斯 柯尔律治 诗选	〔英〕华兹华斯　柯尔律治	杨德豫
济慈诗选	〔英〕约翰·济慈	屠　岸
汤姆·索亚历险记	〔美〕马克·吐温	张友松
大街	〔美〕辛克莱·路易斯	潘庆舲
田园三部曲	〔法〕乔治·桑	罗　旭　等
金钱	〔法〕左拉	金满成
果戈理小说戏剧选	〔俄〕果戈理	满　涛
奥勃洛莫夫	〔俄〕冈察洛夫	陈　馥
谁在俄罗斯能过好日子	〔俄〕涅克拉索夫	飞　白
亚·奥斯特洛夫 斯基戏剧六种	〔俄〕亚·奥斯特洛夫斯基	姜椿芳　等
复活	〔俄〕列夫·托尔斯泰	草　婴
静静的顿河	〔苏联〕肖洛霍夫	金　人
谢甫琴科诗选	〔乌克兰〕谢甫琴科	戈宝权　任溶溶
维廉·麦斯特的学习时代	〔德〕歌德	冯　至　姚可崑
叔本华随笔集	〔德〕叔本华	绿　原
艾菲·布里斯特	〔德〕台奥多尔·冯塔纳	韩世钟
豪普特曼戏剧三种	〔德〕豪普特曼	章鹏高　等
铁皮鼓	〔德〕君特·格拉斯	胡其鼎
加西亚·洛尔卡诗选	〔西班牙〕加西亚·洛尔卡	赵振江
你往何处去	〔波兰〕亨利克·显克维奇	张振辉
显克维奇中短篇小说选	〔波兰〕亨利克·显克维奇	林洪亮
裴多菲诗选	〔匈〕裴多菲	孙　用
轭下	〔保〕伐佐夫	施蛰存

书 名	作 者	译 者
卡勒瓦拉(上下)	〔芬兰〕埃利亚斯·隆洛德	孙 用
破戒	〔日〕岛崎藤村	陈德文
戈拉	〔印度〕泰戈尔	刘寿康